KB159878

이러다 벼락부자가
될지도 몰라

이러다 벼락부자가 될지도 몰라

밥벌이가 지겨운 어느 작가의 현실밀착형 돈 탐구생활

지해랑 지음

그래도봄

지독한 짝사랑에 빠져본 사람이라면 알 것이다.

끝없는 허기. 채워지지 않는 공허함. 집착하면 할수록 더 잡히지 않는다는 걸 알면서도 앞만 보고 달리는 경주마처럼 집착하고 매달리다 결국 시궁창에 처박히는 듯한 참담함, 그러면서도 멈춰지지 않는 마음을 말이다.

아, 이 거창한 말들이 전부 크고 위대하고 숭고한 사랑에 대한 것이라면 좋으련만, 잡으면 어느새 날아가 버리고 마는 한없이 가벼운 돈에 관한 이야기라니. 이런 현실에 또 한 번 실소를 금치 못하겠다.

삶에는 돈보다 더한 가치가 있을 거라며 돈, 돈, 돈 하며 살지 않겠다는 게 20대부터 입버릇처럼 해오던 말이었건만, 지금까지 생의 반을 몸 바쳐온 사회생활 경험을 돌아보니 한마디로 '돈 벌겠다고 아등바등 살았다'고 밖에는 요약이 안 된다. 그 결과 돈을 많이 벌었다면 참 좋았으련만, 그도 아니니 이건 잘못되어도 뭔가 한참 잘못된 게 분명하다.

'돈을 좇는다면서 나는 왜 늘 가난으로 가는 길을 선택해 왔을까?'

뜬금없는 자각과 함께 돈을 좇으며 헛발질을 해온 시간들이 영화처럼 지나간다. 돈을 벌겠다면서 벌인 숱한 일들이 눈앞에 스친다. 골목길 옆 작은 연립이 재개발돼 어엿한 대단지 캐슬로 들어선 내 첫 신축 아파트를 냅다 팔아버렸고, 돈을 많이 벌겠다고 사이버 작가 소리까지 들으며 밤낮으로 일을 몇 개씩 겹치기로 했지만, 그 탓에 내게 일을 줄 좋은 동업자들을 잃었다. 스트레스를 받는다며 과소비 본능을 제어하지 못하고 쓸데없는 물건들을 집 안에 쟁여두느라 통장 잔고를 바닥냈으며, 쉼 없이 일해서 몸 아프다고 한약 먹고 병원 가고 결국 또 그 돈을 갚아야 하는, 과소비와 중노동의 악순환을 계속해 왔다.

나란 인간은 어쩌면 이렇게 모순적인가. 돈, 돈, 돈 하는 건 천박한 자본주의라고 돈을 터부시하면서도 내가 버는 돈이 내 가치를 증명한다며 쉼 없이 돈을 좇고, 돈을 좇으면서도 돈을 벌기보다 가난해지는 길을 택해 걸어온 삶이라니.

이제 이런 악순환의 굴레에서 벗어나야겠다. 늘 돈, 돈, 돈 하면서 돈, 돈, 돈 하는 건 나쁘다고 생각하는 양가감정부터 버리기로 했다. 있는 사람, 아는 사람이 더 벌고 더 많이 갖는 시대에 여전히 돈은 티끌 모아 태산을 만드는 일이라고, 성실히 일하고 안 쓰고 모으다 보면 큰돈이 되고 그 돈이 저절로 자가발전해 큰 자산으로 돌아올 거라는 어리석은 판타지도 다 떨쳐버리자.

달라진 시대에 발맞춰 돈에 대한 생각을 다시 정립해보기로 했다. 돈이 무엇인지, 나는 왜 '돈 밝히는 작가'라는 소리까지 들으며 일을 해댔지만 집 한 채 소유하지 못한 전세난민이 됐는지, 끊임없이 갖고 싶고 쌓아두고 싶은 돈에 대한 이 허기진 마음의 정체는 무엇인지, 그리고 궁극적으로 진짜 공부하면 돈을 벌 수 있는지, 그리하여 누구나 꿈꾼다는 경제적 독립과 조기 은퇴, 이른바 파이어족의 길을 걸을 수 있을지 궁금했다.

내 인생 처음으로 '돈에 관한 탐색'을 시작해보기로 했다. 그 시작은 남들 다 한다는 주식(!)으로 정했다. 오래 묵혔던 계좌를 다시 열고, 돈 벌게 해준다는 열혈 유튜버들의 목소리에 중독이 되고 오르락내리락 사람을 홀리는 붉고 푸른 봉들을 쫓았다. 돈은 들어오기도 했고 나가기도 했고 머무르기도 했다. 그리고 돈을 탐색하는 사이, 나는 알았다. 돈에 대해 탐색하면 할수록 내 마음을 들여다보게 된다는 사실을 말이다.

이 책은 초보 돈 탐색자의 아직 끝나지 않은 자잘한 실패와 성공의 기록이며, 이대로 가만있다가는 벼락거지가 될지 모른다는 불안에 시달리는 이 땅의 모든 성실한 노동자들과 공유하고픈 이야기다.

차례

/ 2 /

노동이 아닌 것으로 돈을 벌게 하라?

/ 3 /

주식, 그거 무서운 거야

없는 사람에게 삶은 호락호락하지 않지만

1장

어쩌다 전세난민이 되다

억대 연봉을 꿈꾸다
전세난민이 되다

15년 전 그 날 그 집 앞엔 하얀 벚꽃이 눈처럼 흩날리고 있었다. 불광동의 다세대 연립! 내 돈으로 산 내 첫 집이었다! 재테크에 밝은 친구를 따라 한번 보기나 하자며 갔던 그곳, 허름한 연립들이 들어선 동네, 그 집 앞을 지나는 골목이 벚꽃으로 뒤덮여 하얀 융단이 깔린 듯 그렇게 아름답지만 않았어도 계약하지 않았을 집, 그 골목에 홀리듯 이끌려 덜컥 계약을 했다. 은행에 돈 1억을 가만히 두면 뭐 하냐며 말이다. 내 첫 집이 된 그 작은 연립은 먹고살기 바쁜 고단한 삶 속에 가물가물 잊혔다 되살아났다 하며 근 10년의 세월을 함께했다. 그리고 세월에 힘입어 재개발 조합 결성, 이주, 철거, 착공, 동호수 추첨, 모델하우스 관람 등의 단계를 밟아 멋들어진 '○○캐슬'이 되었다.

그 집을 사면서 처음 해본 일들이 많았다. 처음으로 조합 결성이 되는 과정을 지켜봤고 이주비라는 걸 받았고, 생애 처음으로 대출이란 걸 받았고, 동호수 추첨이란 걸 해봤고, 내 집의 모델하우스를 구경했고, 시공 후 하자 점검을 하러 갔고, 첫 세입자를 받았다.

재테크에 무지몽매했던 내가 연봉 1억이라는 위태로운 꿈을 꾸며 대롱대롱 줄을 타느라 매일 숨 쉴 틈 없이 바쁘다는 이유로, 대출이 내 발목을 잡는 부담스럽다는 이유로 팔아넘기지만 않았다면 지금은 든든한 내 백이 되었을 내 보금자리…. (흑흑, 지금도 가슴이 찢어지는 고통에 잠을 설친다.)

"이 집이 지금보다 더 오를 거라고 생각하세요?"

집을 사러 온 아저씨에게 내가 물었을 때 그 분의 입가에 어렸던 희미한 미소를 나는 기억한다. 아저씨는 속으로 생각했을 것이다.

'뭐 이렇게 멍청한 여자가 다 있나…'

그 집은 지금 내가 팔았던 금액의 2배도 훨씬 넘게 올랐다. 이제는 감히 내가 넘볼 수도 없는 왕궁, 말 그대로 '캐슬'이 되어버린 것이다. 돈은 일을 열심히 해서 버는 것이라 배웠고 그렇게 믿고 밤잠, 아침잠, 수명까지 줄여가며 오로지 노동해서 돈 벌기에만 매달렸던 나는 20년 동안 열심히 일만 한 결과 번아웃이 돼 짜증과 분노에 차 당분간은 일이라는 게 하고 싶지 않은 백수에, 전세난민이 됐다.

"너 ○○이 알지? 걔 연희동에 3층짜리 집 지었더라. 잔디밭이 쫙 깔린 게 너무 좋아. 외곽도 아니고 서울 한복판에 그런 집이라니… 진짜 부러워."

친구가 그 말을 했을 때, 내 기분은 부러운 게 다 뭔가, 말 그대로 멘탈이 낱낱이 부서져 너덜너덜 산화하는 것만 같았다. 막내 작가를 1년쯤 하다가 자기 적성은 아니라며 그만두고 부동산 재테크에 올인, 열과 성을 다한 후배는 지금 연희동에 잔디밭까지 깔린 대궐 같은 3층 집을 갖게 됐다는 이야기에 급 현타가 왔다. 지금까지 난 뭘 한 것인가… 내 몫이었던 '캐슬'조차 지키지 못하고 새벽부터 밤까지 몸을 갈아넣으며 대체 무슨 바보짓을 한 건가. 나 같은 멍청이가 또 어디 있을까. 후회와 절망 속에서 과거의 내 모습이 파노라마처럼 지나갔다.

일을 여러 개 하느라 늘 스트레스를 받았던 나는 분초를 쪼개서 틈만 나면 쇼핑을 했다. 나갈 시간이 없으면 온라인 쇼핑을, 시간이 있으면 오프라인 쇼핑을 닥치는 대로 해댔다. 물건을 사면 순간의 만족감으로 잠시 잠깐 육체적·정신적 피로를 잊었다.

어깨통증과 만성두통, 분노와 짜증이 결합해 번아웃으로 찾아왔다. 더 이상은 일을 할 수 없을 것 같아 처음으로 집에서 종일 밥해 먹고 청소하고 빨래하면서 하루를 보내기 시작했다. 오랜만에 집 안을 구석구석 살피니 어이가 없었다. (황당하기 그지없었다.) 집 안 가득 쌓인 정체조차 알 수 없거나 왜 이렇게 많이 사두었는지 이해할 수 없는 물건 더미들 때문이었다.

대체 뭐 하려고 락스는 이렇게나 많이 산 것일까, 샴푸는, 트리트먼트는, 습기제거제는, (참치, 황도, 꽁치, 골뱅이) 통조림은… 왜 이렇게 몇 박스씩 쌓여 있는 것인가. 냉장고도 마찬가지였다. 언제 터져도 이상하지 않을 정도로 냉동식품이 가득 차 있는 냉장고, 옷방에는 언제 샀는지 알 수 없는 상표도 떼지 않은 옷들로 가득 차 있고, 벨트, 모자, 스카프, 하다못해 수면양말까지… 많아도 너무 많았다. 귀신이라도 들렸던 건가? 왜 이렇게 많이 산 걸까? 뭐 하려고? 1년 가까이 통조림과 반조리 식품들과 냉동실의 음식들을 정리하고 먹으면서 나는 가끔 죽을 때까지도 이걸 다 먹지 못할 수도 있지 않을까 하는 아찔함을 느꼈다.

더 잘 먹고 더 잘 살기 위해 현재의 자신을 학대하며 노동하고 먹으며 다람쥐 쳇바퀴를 벗어나지 못하고 사는 게 인간이라더니, 내가 딱 그랬다. 돈 벌겠다며 돈을 좇느라 정작 중요한 건강도 잃고, 일에 대한 열정도 잃고, 집도 잃고, 필요치 않은 물건들로만 집안을 채우고 있었구나 싶었다. 쌓인 물건들이 정리되지 않은 내 머릿속 같았다. 정리되지 않아 더 들여다보기도 싫었던 정제되지 않은 미련과 후회, 욕망 덩어리들처럼 느껴졌다.

결혼 못 한 애들이 집도 못 사!
팩트 폭격당한 날

"이 종목 IPO[❀] 종목인데 괜찮을 거 같아. 난 어제 들어갔거든."

"그래요? 공부 좀 해봐야겠네요." (하고 안 했다.)

"여기 이 동네 좀 가보자. 요즘 부동산은 철도 따라 뛰잖아. 희한하게 여기가 안 오르고 있단 말이야. 어떤지 한번 가보자."

"아… 전 그쪽 부근은 안 살아봐서 잘 적응할 수 있을지…" (하며 미적거리다 안 갔다.)

❀ IPO : Initial Public Offering (주식 공개) 기업이 주식을 상장하는 방법 중 가장 많이 사용하는 방법이다. 최초로 외부 투자자에게 주식을 공개 매도하는 행위를 말한다.

삶은 선택의 총합이기도 하지만, 하지 않은 선택의 총합이기도 하다. 지금 나의 삶은 지인들의 '해보자'라는 제안에 대해 '안함'을 선택함으로써 만들어진 것이다. 친한 언니에게 천정부지로 치솟은 집값에 대해 불평불만과 한탄을 한 보따리 풀어놓다가 "결혼 못 한 애들이 집도 못 사!"라는 팩트 폭격을 받고 순간 욱했지만, 지난 경험을 돌이켜보았을 때 일정 부분 사실이라는 걸 인정해야만 했다. 전세 기간이 만료될 즈음 나는 매번 같은 고민에 빠진다.

'집을 사야 하나, 말아야 하나…'

고민에 고민을 거듭하며 집을 산다면 어디에 살 것인가에 대해 당장 계약이라도 할 사람처럼 열과 성을 다해 한두 달 미친 듯이 공부를 한다. 몇 군데 후보지를 정하고 장단점을 따지고 재차 고민에 고민만 하다가 결승점에 다다를 지점이 가까워지면 '에라, 모르겠다' 하고 다시 전세로 들어가버리는 반복된 패턴을 반복했다. 그렇게 많은 공부를 하고 왜 결론은 항상 '에라, 모르겠다'가 되는 건지는 나도 알 수 없다.

시간이 지나고 다시 또 전셋집 만기일이 다가오면 2년 전 공부하며 사려고 벼르던 동네는 다른 지역보다 더 빠른 속도로 더 높이 올라 입성은 꿈도 못 꾸는 고가의 집들이 즐비한 동네로 탈바꿈한다. 그렇게 놓친 동네와 집들이 전세 만료일만큼이나 쌓이고 있다.

역세권이고, 살기 좋고, 마트 많고, 극장 있고, 일터도 가까워서 살기가 괜찮은데… 이런 생각에 계속 살고 싶다는 생각이 들었다면 과감히 매수를 고민했어야 했건만 놓치고 말았다. 내가 살고 싶다 생각했으면 남들도 살고 싶어 할 테니 말이다. 좋은 곳이란 걸 알면서도 막상 살 집을 정해 계약서에 도장을 찍는 일은 매번 망설이게 된다. 게으름인가, 결정장애인가.

어릴 땐 안 그랬는데…. 그 골목의 벚꽃이 흐드러지게 핀 모양이 너무 아름다워 턱 하니 전 재산을 들여 그곳의 첫 집을 샀고, 대출이 발목 잡는 게 부담스럽다며 별 고민 없이 팔아치웠으니 어릴 때는 오히려 대책 없이 무모했다고 봐야 하지 않을까? 그런데 언제부턴가 실행력이란 것이 사라졌다. 실행력에도 '지랄 총량의 법칙'이 있는 건가. 일할 때는 밀어붙이고 추진하고 실행하고 밥 먹듯이 결정을 내리면서 왜 삶에 가장 중요한 부분인 재테크에 있어서는 이 실행력이란 것이 약에 쓸래도 도통 찾을 수가 없는 것인지.

돈을 너무 좋아해서? 행여 백만 분의 일의 확률일지라도 그 돈을 잃을까 두려워서 그러는 건가? 잃을 것을 먼저 생각하니까? 음… 그런 것 같기도 하고… 아님 반대로 귀찮아서? 인생의 중대사라 많이 생각해야 하고 따져봐야 할 게 너무 많아서 지레 겁을 먹고 '에라 모르겠다' 해버리는 것인가? 이걸 당장 실행하지 않는다고 단기적으로 삶이 달라질 건 없으니 그러는 것인가(결정을 미루는 것인가), 어쩌면 그것도 큰 이유인 듯하다.

일할 때는 당장 결정하고 실행하지 않으면 타박하는 사람도 많고 돈도 안 들어오고 단기적으로 자잘한 충격파들이 오지만, 재테크, 부동산, 주식 같은 것들은 당장 하지 않는다고 해도 단기적으로는 삶에 아무런 타격도 주지 않는다. 안 함으로써 얻는 평안함이라는 게 있는 것이다. 그래서 에라, 모르겠다 하면서 자꾸 뒤로 미루게 되는 것 같다. 하지만 그렇게 미루고 나면 몇 년쯤 지나 엄청난 충격파(선택하지 않음으로 인한 큰 손실)가 되어 인생 전체를 뒤흔들어버린다. 몇 차례의 경험으로 이런 사실을 잘 알면서도 매번(!) 같은 손실 패턴을 반복하고 있다.

'아… 작은 나무만 보고 큰 숲은 보지 못하는 근시안적 인간의 비애구나.'

어쩌면 결혼도 일면 유사한 측면이 있다. 어릴 때 멋모를 때 집도 사고 결혼도 한다는 말은 진정 맞는 말이다. 멋모를 때 아무 생각 없이 나중에 캐슬이 된 그 집을 샀던 '과거의 나'처럼 말이다. 여윳돈이 조금 있다는 이유로 친구가 하필 그 날 그 집을 보러 가자고 했고 그 날 그 집 앞 벚꽃이 흩날리는 게 너무 예쁘다는 이유로 그냥 샀다. 입지고 재개발이고 뭐고 나중에 오를 건지 아닌지 하나도 안 따지고 말이다. 기회라고 해야 할지 행운이라고 해야 할지 모를 것에 무모한 결단력이 결합된 행동이었다.

이렇게 주르륵 목록을 적다 보니 알겠다. 결정장애가 생긴 이유를! 바로 이 목록이 문제다. 이 쓸데없이 복잡한 생각들. 가능성 타진. 오를지 내릴지 잃을지 알 수 없는 미래의 일에 대해 뭘 그렇게 재고 따지고 생각이 이렇게나 많단 말인가?

적당히 따져봤으면 결정을 해야 하는데 거기서 또 생각에 생각을 거듭하니 결정장애라는 게 없는 게 이상하지 않은가? 나이를 먹고 경험이 쌓이고 아는 게 늘면서 따져야 할 게 많은 세상이란 걸 알게 됐다. 그 후로는 뭐든 결정하고 실행하는 게 어려워졌다. 그럼에도 불구하고 가끔은 적당히 지를 줄 아는 과감함도 중요하다. 재테크를 잘하는 지인들을 보면 그들은 늘 실행이 빠르다. 나는 관심에서 끝날 뿐 행동으로 잇지 못하는 많은 것들을 그들은 기회가 주어지는 순간 놓치지 않고 빠르게 추진하고 실행한다.

불쑥 맘에 드는 동네에 가보고 불쑥 맘에 드는 주식에 정찰병을 보내듯 돈을 살짝 넣어보고 (물론 사전에 철저한 공부를 했겠지만) 맘에 드는 남자가 나타나면 그가 예의상 인사처럼 '언제 밥 한번 먹어요'라는 말을 그냥 산화시키지 않고 "언제 한번 밥 먹자고 하고선 왜 전화 안 하세요?"라고 도발해 만남을 이어갈 수 있는 추진력과 담대함도 가지고 있어야 한다. 실행력이 없으므로 잃는 게 늘어난다는 건 슬픈 일이다.

앞으로 실행력이 키워질까? '오늘부터라도 뭐든 실행해보기로(?) 한다!!!'라고 쓰고 또 스멀스멀 생각들이 많아진다.

집,
너를 천대해주리라

"부동산 오르는 게 지긋지긋해서 이 정권을 지지했는데 (울컥) 싹 다 물러나야 돼! 바닥이 다 드러났어!! 용서할 수가 없어요!!!!! (핏대) 얼마나 부동산이 올랐어. 지긋지긋해 진짜."

울분에 차서 핏대를 세우며 말씀하시던 일흔이 훌쩍 넘은 할아버지. 한 방송사에서 대규모 대국민 토론회 방송을 준비하면서 인터뷰를 편집할 때 들었던 할아버지의 울분과 분노에 찬 목소리가 지금도 잊히지 않는다. 나도 더도 덜도 아닌 딱 같은 상황이니까.

"집값 내릴 거라고 해서 안 샀는데, 이젠 집값이 따블됐어요. ○○○ 씨는 집을 사서 부자가 됐고, 저는 지금 월세로 생활비를 탕진하고 있어요."

연륜 쌓인 백발의 어르신도, 대중의 사랑을 받는 연예인도 피해갈 수 없다. 무주택자 무리에 속한 자로서의 열패감. '(주식, 부동산 안 하고) 가만히 있으면 벼락거지 된다'고 신문과 방송에서 떠들어대는 것을 보면 나도 방송 만드는 사람이지만 그야말로 억장이 무너진다. 욕심부리다 사기를 당해 자산을 잃은 것도 아니고, 내게 주어지지 않은 것을 탐하지 않고 묵묵하게 노동만 했는데 벼락거지가 되다니… 그냥 거지도 아니고 벼락거지라니… 불쾌함과 함께 분노와 설움이 솟구쳐 오른다.

불광동의 캐슬을 어이없이 팔아버린 후 천정부지로 오르는 집값을 목 아프게 쳐다보며 집 없는 이의 울분과 분노와 억울함과 막막함이 어떤 건지 무수히 느꼈다. 나를 전세난민으로 만든 이 사회와 정권과 시스템을 미워했다가, 집 팔아버린 내 손가락을 저주했다가 갈팡질팡했다. 술이라도 한잔 마셨다 치면 이런 감정마저 격해졌다. 어떻게 한 번의 선택으로 인생이 이렇게 시궁창에 처박혀 '벼락거지' 될 일만 남았나 싶어 걷잡을 수 없이 화가 치민다.

빚을 냈으면 뭐든 살 수 있었을 텐데 남들 다 내는 빚이 뭐가

집, 너를 추대해주리라

27

무섭다고 정책 만든 사람들이 어떻게든 집값을 잡아줄 수 있을 것이다, 뭐든 계속 오르는 건 없는 법이라고 안일하게 생각한 내가 밉다. 집 없이도 살 수 있다고, 대출은 자유를 구속하는 족쇄라고 생각하며 대출 없이 자유롭게 살 거라 생각했다니… 철이 없어도 너무 없었다. 세상을 몰라도 너무 몰랐다.

내가 나를 거지로 만든 것이니 누구 탓할 것도 없지 싶다가도 몇 채씩 집을 사 들고서 자산을 불리는 이들을 미워도 했다. 그러다 그런 선택을 못 했던 나를 원망했다가 선택 한 번에 거지와 부자를 가르는 세상과 이런 세상을 만든 정부와 신을 원망한다. 왜 그때는 몇억쯤 빚을 내면서 사는 건 숨 쉬는 것만큼이나 당연한 일이고, 집 재테크는 꼭 필요한 것이라는 사실을 몰랐을까? 나는 나의 미래를 위해서 과감하게 억대의 빚을 냈어야 했다.

살면서 많은 기회를 놓쳤지만 집을 판 것과 대출을 받아 부동산 갭투자를 하지 않은 것에 대해서는 뼛속까지 사무치게 아팠다. 한 살 더 먹을 때마다 주름살 늘어나듯 1, 2억씩 오르는 집들을 바라보며 망연자실하고 어린애 밥때 돌아오듯 금세 돌아오는 전세 만료 시기마다 집을 찾아 헤매며 아프고 아프고 또 아팠다.

그러다 공공지원 민간 임대주택이란 걸 알게 됐다. 시세보다 비교적 싼 가격에 일부 보증금을 내고 다달이 월세를 내는 이른바 반전세로 사는 집인데, 8~10년까지 장기 임대가 보장된다. 그래, 세상이 월세살이를 권장하는 데 살아보자, 살아보리라! 어차피 한 번 밀린 것, 밀릴 때까지 밀려보자… 라는 마음으로 신청을 했고 청약이 돼서 지금 한창 공사 중인 민간 임대주택이 완공되면 입주를 하기로 했다.

입주까지 뭔가 더 나은 정보라도 얻을 수 있을까 해서 입주자들의 단톡방에도 가입했다. 그곳에서 나는 나와 닮은 이들의 나보다 더 큰 고민과 아픔과 희망을 보았다.

"이번에 임대주택 돼서 드디어 결혼하게 됐어요."

"우리 아이들이 임대주택에 산다고 친구들에게 무시당하는 건 아니겠죠?"

"전 어쨌든 새집에 살게 되니 너무 좋아요. 오래된 집 단칸방 월세만 살다가 정말 꿈만 같아요."

"벌써 이 집이 이만큼이나 지어졌어요. 입주 날을 생각하니 너무 두근거려요."

"이 집이 내 집이라면 얼마나 좋을까요? 10년 후에는 내 집이 될 수 있을까요?"

"아마 안 될걸요. 계약서에 있잖아요, 분양권 안 준다고."

"그래도 10년이나 살면 줄 수도 있지 않을까요? 제발 제발 제발…"

"되겠어요? 건설사도 돈 바라고 짓는 건데… 분양해준다고

29

해도 엄청 비싸겠죠."

"집값 생각하면 참 암울하네요. 지하까지 내려가는 기분이에요. 휴… 그래도 어떻게든 길은 있겠죠."

그들은 꼭 나처럼 희망에 찼다가 다시 절망했다가 가끔은 지하 밑에까지 처박히기도 했다. 제집도 아닌 임대 반전세 월셋집이 하루가 다르게 올라가는 것을 보며 꿈에 부풀었다가 이거 내 집도 아닌데 순간 낙심하는 꼭 나 같은 사람들을 보면서 생각했다. 사람에게 집이라는 게 뭘까?

인간 생활의 3대 요소라는 '의식주' 세 가지 중 당당히 한 자리를 차지할 정도이니 중요한 거라는 건 인정한다만, 그래도 니가(집이) 이렇게 만물의 영장이라는 사람 인생을 좌지우지하는 건 좀 아니지 않니? 집 없다고 결혼도 못 하고, 집 없다고 아이도 가질 수 없고, 집 없다고 이렇게 캄캄한 어둠 속에 홀로 선 듯한 막막한 기분이라니. 사람의 생애에 있어 그렇게까지 중요한 존재냐, 너! 집이란 녀석아!!

순간 반감이 든다. 나라도 이 집이란 녀석을 마구마구 천대해야겠다는 억하심정이 든다. 다들 갖는다고 나까지 수억의 대출을 얻어 집을 사야겠다는 열망으로 들끓어서야 되겠나. 나라도 이 녀석을 천대해야 기고만장해 하늘 높은 줄 모르고 치솟는 집값도 언젠가는 제자리를 찾지 않겠나 하는 (가당치 않은) 꿈을 꿔본다. 나라도 너를 천대해야겠다. 발바닥의 때만큼도 여기지 않으리라!!

라고 당당히 외쳐보지만, 마음 한 켠 조용히 자고 있던 이성이란

녀석이 혀를 끌끌 찬다.

'쯧쯧… 그래서 니가 부자가 못 되는 거다! 인간아!!

네가 사는
그 동네

"엄마~ 우리도 집 팔고 강남 가자!"

"?"

느닷없는 아들의 말에 친구는 잠시 멍했다고 했다. 초등학교 3학년 아이가 뭘 알고 갑자기 강남으로 이사 가자는 얘기를 꺼내는지 싶었단다. 강남으로 이사 가자는 이야기는 남편과 자신이 아이가 잠든 후 조용히 술이라도 한잔하며 걱정 섞어 속닥속닥 나눠야 하는 얘기가 아닌가 말이다. 그런데 남편이 아닌 아들에게 이런 얘기를 듣고 보니 머리가 복잡했단다.

아들 : 이사 가자. 엄마, 우리 갈 수 있지?

친구 : 갑자기 왜? 이사 못 가.

아들 : 왜? 돈 모자라? 그럼 차도 팔아, 그럼 이사 갈 수 있지?

강남이 지금 사는 곳보다는 비싼 곳이라 알고 있는 아이는 집에 차까지 팔라고 하지만, 현실은 네가 상상하는 것 이상이라고 친구는 말할 수 없었다고 했다. '집 팔고 차 팔고 예금 탈탈 털어도 대출 갚고 나면 코딱지만 한 강남 전셋집 하나도 못 얻는다. 아들아'라는 말이 목구멍까지 올라왔지만 이런 현실을 벌써부터 알게 하기 싫었던 친구는 그냥 입을 닫았다고 했다.

"왜 애가 갑자기 그런 말을 했을까?"

"학원에서도 그렇고, 학교에서도, 친구들도, 그리고 나도 강남 애들은 초등학교 저학년 때부터 중학교 수학까지 (영어와 다른, 교과목들) 다 뗐다는데 넌 뭐하고 있어? 이 정도 수준의 문제도 못 풀고! 같은 말들을 자꾸 하니까 그래서 그런 것 같아."

"헉 왜 그런 말을 해? 너도 해?"

"응. 나도 자주 하지. 애가 공부도 안 하고 학원도 안 가려고 하고 말 안 들으면 그런 말이 탁 튀어나와. 안 해야 하는데. 이제 진짜 안 해야지."

친구의 굳은 다짐이 서린 얼굴을 보며, 몇 년 전 보았던 친구

아들의 남달리 똘똘한 얼굴을 떠올렸다. 직접 눈으로 확인은 못 했지만, 선생님들에게서, 엄마에게서, 자기네 엄마에게 강남 환상을 주입받은 제 친구에게서 전설처럼 전해지는 '강남 아이'에 대한 이야기를 듣고 아이는 무슨 생각을 했을까?

초등학생이지만 자신보다 세 배쯤 더 공부를 열심히 해 중학생 책까지 다 뗐다는 '강남 아이'. 뭘 해도 그 아이들보다 뒤떨어진다고 욕먹을 바에는 나도 강남 아이가 되자는 결론에라도 이르게 된 것일까? 순간 영화 〈엘리시움〉에 나오는 선택받은 1퍼센트의 엘리시움 사람들과 버려진 지구의 사람들이 떠올랐다. 그들처럼 같은 인간이지만 전혀 다른 것을 누리며 두 개의 세상에 사는 건가? 하는 의구심이 들었다.

'강남 아이'라는 말에 알 수 없는 생경함을 느꼈다. 언제부터 그런 말이 생겼지? 내 학창시절에도 그런 말이 있었나? 어디 사느냐가 그렇게 중요했었나? 누구를 만나면 반쯤 농담 섞어 차가 뭐냐, 집이 어디냐 물어보는 친구들은 가끔 있었어도 그걸 별로 중요하게 생각하지 않는 친구들도 많았던 것 같은데…. 그때도 어디에 사느냐가 계급 나누듯 그 사람을 나누는 기준이 됐었나? 다들 아는데 나만 모르고 살았나?

문득 10년 전 함께 일했던 직장 상사 생각이 난다. 그녀는 강남에 있는 백화점 과일은 당도가 다르다면서 늘 강남 백화점에서만 과일을 사다 먹었다. 딸은 꼭 강남에 집 있는 남자와 결혼시키 겠다며 온갖 수단을 동원해 애를 쓰던 그 연로한 상사를 나는 무 척 경멸했었다. 그런데 이제 생각해보니 그녀는 10년 앞을 내다 보는 혜안을 가진 현자가 아니었던가…. 경멸이 아닌 존경을 했 어야 했는데…. 이렇게 사는 지역으로 계급이 나뉘는 시대가 될 줄 알았다면 일찍이 그녀의 행보를 본받아 나 역시 강남에 살기 위해 각고의 노력을 해야 했었는데… 하, 이런 말을 툭툭 내뱉게 될 줄이야. 어디 사는 게 뭐가 그리 중요하다고 이런 이야기를 쓰 고 있는 현실이 씁쓸해 괜히 헛웃음이 난다.

요즘 초등학생 학부형으로 진입한 친구들의 공통 고민 중 하 나가 '어떻게 하면 강남 아이로 교육할 수 있는가'이다. 길 하나 를 건너면 앞 동네가 강남이라는 친구도, 강북의 대형 평형 아파 트에 살지만 아이가 중학교 가기 전에 꼭 강남으로 이사를 해야 한다며 날이면 날마다 강남 집을 보러 다니는 친구도, 아무 생각 이 없다가 아이가 초등학교 입학하자 부쩍 강남 생각이 많아진 또 다른 친구까지 너나없이 모두 그놈의 강남으로 어떻게 진출할 지에 대한 문제로 골머리를 앓고 있다.

마트 있고, 극장 있고, 도서관 있고, 직장 가까우면 그곳이 최 고의 주거지라 생각하며 살아온 나로서는 처음엔 도통 이해할 수 없었지만, 만날 때마다 그녀들의 걱정을 노랫가락처럼 듣다 보니 세뇌인지 이해인지 알 수 없는 공감이 생겼다. 직시해야만 하는 지금의 대한민국 현실을 인정하지 않을 수가 없게 됐다.

친구 아들의 얘기를 듣고 돌아오는 길, 회사에서 한 후배를 만났다. 문득 '그 아이의 집이 강남이 아니었던가?' 싶어서 물었다.

"너 강남 살지?"

"네, 언니 왜요?"

"너 강남 아이구나. 그럼 강남에서 학교 다녔어?"

"네. ○○여고 나왔잖아요."

"아하."

갑자기 이제는 내가 이 아이를 다시 봐야 하는 건가? 혼란스러웠다. 이 아이는 강남 아이니까.

얼마 전 신문에서 보았던 부동산 계급표가 떠올랐다. 실거래가를 기준으로 수도권 지자체 등급을 나눈 '2021년 수도권 부동산 계급표'는 트럼프 카드 서열로 킹, 퀸, 잭, 10하트, 9하트 등 6개 계급으로 지역별 부동산 계급을 분류해 놓았다. 강남, 서초, 압구정, 반포 등은 단연 킹. 내가 사는 곳은?… 쩝….

일부 누리꾼들은 자신의 거주 지역에 가중치를 부여해 등급을 한 단계씩 올리거나 상대적 저평가를 주장하며 재평가 요구를 한다고들 한다. 이게 그냥 장난으로 우습게만 보고 넘길 건 아니다 싶다. 부동산 계급이란 말은 오래전부터 있었지만, 이러다가는 인도에서 만난 그 대학생처럼 낮은 계급은 절대 들어갈 수 없는 곳이 우리나라에도 생기는 건 아닌가? 덜컥 겁이 난다.

10년 전쯤 인도의 시외버스에서 한 대학생을 만났다. 잔돈이 없어 버스비를 치르지 못해 당황한 우리 대신 버스비를 내준 고마운 친구였다. 수도 델리에 도착해 밥을 사주겠다고 대형 몰로 데려갔더니 자신이 갈 수 있는 곳이 아니라며 끝내 들어가지 않았던 그 친구와의 일화가 부동산 계급표와 강남 아이의 이야기와 겹쳐진다.

인도에는 오랜 세월 세습된 신분 제도인 카스트 제도가 있다. 브라만, 크샤트리아, 바이샤, 수드라, 불가촉천민으로 나뉜다. 모두 같은 사람일 뿐인데, 같은 인간들끼리 무리 지어 그런 계급으로 나눈다는 것의 의미를 되짚어본다. 그리고 인도에서 만난 그 대학생은 왜 그런 계급이 존재하지도 않고, 그런 계급을 의식하지도 않는 우리 같은 외국인들과 있을 때조차 자신의 계급을 인식해 스스로 한계를 정해야만 했을까?

설마 우리도 이제 어디 사는지에 따라 한계를 정하고 무의식적으로 계급을 만들어 사람들 앞에 설 때 알 수 없는 초라함을 느껴야 하는, 양반 상놈이 존재하던 그런 시대로 돌아가는 것일까?

"어디 살아요?"

이제 만나는 사람마다 이것부터 물어야 하나? 사는 곳에 따라 계급이 결정되는 사회라니. 생각만 해도 끔찍한데…. 언젠가 이 또한 현실이라며 직시해야만 하는 시대가 오는 건가? 아니 벌써 온 건가? 헉! 그렇다면 이건 정말 'Hell' 아닌가.

씁쓸한 물갈이

"세상에, 거실까지 들어와 계신 거 있지. 생
판 모르는 분들인데."

지인이 서울 외곽으로 이사를 하면서 겪은 일이다.

한창 이사를 하다 잠깐 한숨 돌리려고 베란다에서 커피를 마
시고 있는데 거실 쪽에서 웅성웅성 소리가 들리더란다.

"뭐지?"

집에 들어가 보니 거실은 어디선가 나타난 정체를 알 수 없는
할머니들 한 무리에 점거당한 상태였다고 했다. 집주인 아랑곳하
지 않고 할머니들의 대화가 이어졌다.

"벽을 이렇게 발라놨네. 곱네. 이건 뭐여. 이 싱크대 좀 보소. 싱크대 이렇게 해놓으니 좋구먼. 역시 젊은 사람이라서 이런 것도 이렇게 바꿔놨구먼."

모델하우스 구경이라도 나온 양 이것저것 만져 보고 들여다보는 할머니들을 어떻게 해야 할지 잠시 멍해 있는 동안, 멀뚱히 서 있던 지인을 발견한 할머니들이 이야기했다.

"색시구먼. 집주인 색시. 집을 참 이쁘게도 해놨네…. 나 여기 옆집 살아. 이 할머니는 윗집 ○○호, 여기는 저쪽 너머 동이고."

"아, 네…. 안녕하세요. 그런데 무슨 일로?"

"일은 무슨, 그냥 구경 왔어. 젊은 사람이 이사 온다길래. 잘해놨구먼."

난데없는 불청객의 침입에 서울 깍쟁이로 살아온 지인은 그저 당황스러웠다고 했다. 그러나 할머니들의 불시 방문은 이후에도 '이것 좀 먹어 보라고', '기계로 뽑아주는 커피 한잔 마시고 싶어서', '그냥 말동무가 필요해서' 등 다양한 이유를 들어 수시로 이어졌다고 했다. 그러니 지금은 그러려니 할 수밖에 없지 않겠느냐고 지인은 웃으며 말했다.

서울에서 지리산으로 이사 간 선배가 떠오른다. 아이들을 자연과 함께 키우고 싶다며 큰 결심을 한 그녀도 처음 느닷없이 자신의 마당에 들어와 풀을 매고 있는 할머니들 때문에 당황스러웠다고 했다.

"젊은 사람들이 풀이 이렇게 자랐는데도 함부로 놔뒀다고 툴툴대며 계속 풀을 매시는 거야. 매번 풀이 웃자라면 와서 풀을 매신다. 민망하고 미안하고 정말 어떻게 해야 좋을지 모르겠어. 해달라고 한 것도 아닌데… 그냥 두시면 좋은데…."

그랬던 선배가 2년여가 지나고 우리가 지리산 밑 그녀의 집에 놀러 갔을 때는 확 달라져 있었다. 터미널까지 마중 나온 선배와 함께 집으로 가는 길, 버스 정류장에서, 동네 어귀에서 동네 할머니 할아버지들을 발견할 때마다 선배는 동네 반장이라도 된 양 어른들을 차에 타라고 하고는 어디 갔다 오시냐, 요즘 농사는 잘되냐고 살갑게 알은체를 했다. 그리고 이 변화는 뭐냐고 의아해하는 우리에게 여기 살다 보면 그렇게 된다고 웃었다.

'여기 살다 보면 그렇게 된다.'

가끔 그 말을 곱씹는다. 사는 곳, 장소라는 건 아무것도 아닌 것 같지만 그 장소의 분위기는 사람의 많은 것을 바꾼다. 내가 사는 이곳도 처음에는 지인이 이사 간 그 아파트처럼 할머니, 할아버지들이 많았다. 아파트 엘리베이터 앞이나 그 안에서 마주치는 어른들은 그냥 눈으로만 상대를 훑는 요즘 사람들과 달리 '몇 호사냐', '직업이 뭐냐', '결혼은 했냐', '애는 있냐'처럼 다소 당황스러운 질문까지 속사포로 퍼부으며 엘리베이터가 오르락내리락하는 그 짧은 순간에도 같은 동에 사는 너라는 존재의 정체를 조금이라도 더 알아내겠다는 의지를 보이셨다.

처음엔 낯설었던 그 인사들이 그러려니 익숙해질 무렵 할머니, 할아버지들은 한 분 두 분 아파트를 떠나셨다. 항상 먼저 말을 건네며 가장 큰 관심을 보여주셨던 할머니가 떠나실 때, 나는 처음으로 할머니께 먼저 말을 걸었다.

"오늘 이사하세요?"

"응. 이제 돈도 못 벌고 관리비 내기도 힘들어서. 여긴 이제 젊은 사람들이 살아야지. 우린 저쪽 외곽으로 가려고."

왠지 모를 서운함으로 할머니께 마지막 인사를 건네는데 현관에서 손님을 대동한 부동산 업자와 마주쳤다.

"저 할머니네도 돈 벌어서 이사하잖아. 여기 노인들 아파트 1억 5천도 안 될 때 들어와서 큰돈 벌어 나가시는 거야. 이제 옛날 노인들은 다 빠지고 거의 젊은 사람들이야. 다들 돈도 있고 직업 좋은 사람들. 물갈이되는 거지. 앞으로는 더 좋아질 거야. 이 아파트에도 젊은 사람들이 많아지니까."

젊은 사람들이 많아지면 좋아지는 건가? 눈치 보다 서로 눈인사 한 번 건네지 못하고, 옆집, 아랫집, 윗집에 누가 사는지도 모른 채 살아간다. 그냥 지금 내 삶에 충실하자며 '남은 남이고 나는 나'라고 생각하며 사는 게 좋아지는 건가? 냄새 나는 통 대신 음식물 처리기는 기계식으로 바뀌고 아파트 외관도 새 단장을 하고, 주차장 개폐 시스템도, 현관 보안 시스템도 신식으로 바뀌었다. 나름대로 새 단장을 해가는 아파트를 보며 이게 좋아진 다는 건가 생각해보지만, 침묵만 가득한 엘리베이터에서 슬쩍 유모차에 아기를 태운 내 또래의 아기 엄마를 보며 "아기가 몇 살이야? 이쁘기도 하지. 언제 이사 왔어? 남편은 뭐 하고?"라고 했을 예전 그 할머니들을 떠올리는 건 왜일까.

돈 있고 직업 좋은 사람들이 많아졌지만 다들 각자 섬처럼 외따로인 아파트엔 왠지 찬기가 도는 것 같다. 그 찬기를 할머니들의 가끔은 부담스러웠던 그 말들이 따뜻하게 덮고 있었음을 그때는 왜 몰랐을까? '옛날, 옛사람, 오래된'이라는 말이 주는 온기가 새삼 그립다.

2장

노동이 아닌 것으로
돈을 벌게 하라?

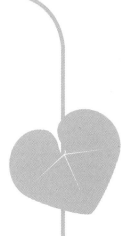

종합소득세 '0' 하나 더 붙는 게
뭐라고

매년 5월, 떨리는 마음으로 우편함을 열던 시절이 있었다. 이번엔 넘었을까? 이번에는, 이번에는, 이번… 두 구두구두구 떨리는 마음으로 국세청발 우편을 연다.

'앗! 8천 9백만 원? 뭐지?'

실망감에 온몸이 떨린다. 이번에는 나도 억대 연봉자의 반열에 당당히 올라 어깨에 뽕이라도 생긴 양 으스댈 수 있을 줄 알았는데. 같은 일을 하는, 같은 목표를 가진 친구에게 전화를 걸었다.

"너 이번에 종합소득이 얼마야? 1억 넘었어? 좋겠다~~"

친구의 길어지는 자랑에 건성으로 장단을 맞추며 씁쓸하게 전화를 끊고는 생각했다.

"으구~! 이번에도 또!!"

당시 우리는 경쟁하듯 종합소득에 '0' 하나를 더 붙이기 위해 방송 프로그램 제작이며, 홍보물 제작 등 가리지 않고 네다섯 개씩 했다. 그 시절, 없는 시간을 쪼개고 쪼개야만 만날 수 있는 우리의 만남의 장소는 늘 쇼핑센터였다. 길어야 두세 시간밖에 낼 수 없는 우리에게 쇼핑센터는 밥 먹고, 차 마시고, 아이 쇼핑까지 한꺼번에 가능한 공간이었으니까.

그때 우리는 서로의 이야기를 듣고 대호하기보다 그냥 하고 싶은 말을 마구 쏟아냈던 것 같다. 누가 돈 버느라 스트레스를 더 많이 받는지 경쟁이라도 하듯 마치 '불만 토로하기 대회'라도 출전한 듯 말을 토해내기에 바빴다. 그리고 그 와중에도 끊임없이 울려대는 팀원들과 출연자들의 요청에 응답하고는 했다. 눈으로는 열심히 쇼윈도의 옷과 신발들을 스캔하면서 말이다.

지금 생각해보면 그 시절 내 심박수는 지금보다 두세 배는 빨리 뛰었던 것 같다. 늘 바빴고, 늘 흥분된 상태였으며 작은 일에도 무슨 큰일이라도 터진 듯 호들갑스러웠다.

그렇게 헉헉대며 바삐 살면서 나는 꼭 억대 연봉자가 되고 싶었다. 그 꿈에 얼마나 집착했던지 엄마에게 전화해 이렇게 말하는 꿈도 꾸었다.

"아, 어떡해 엄마. 건강보험료랑 국민연금이 30만 원이나 올랐잖아."

"왜? 무슨 일이야?"

"1억 넘게 벌었더니 이렇게 금액이 올랐네. 아우, 어떡해."

엄마에게 자랑을 잔뜩 담아 투정 부리는 꿈을 꾸면서 꿈속에서도 웃었다. 억대 연봉 그게 뭐라고! 라고 말하고 싶지만, 사실 그거 엄청 '별거'다. 몸을 갈아넣지 않고 억대 연봉자가 될 수 있겠냐만은 그럴 수만 있다면 아주아주 큰 별나라의 초콜릿 칩만큼이나 달콤한 '별거'다. 그러나 지나고 보니 내 시간과 체력을 갈아넣어 억대 연봉을 번다는 것은 미래에 벌 재화를 미리 땡겨 받는 것에 불과했다.

지상파, 종편, 케이블 등에서 여러 개의 프로그램을 제작하던 그 시절엔 정말 잠잘 새도 없이 종일 자판을 두들겼다. 아침에 눈 뜨자마자 섭외하고, 점심은 컴퓨터 자판을 두들기며 먹고, 쓰리 샷 아메리카노를 물 마시듯 마시면서 아침부터 밤까지 신경을 온통 일에만 집중했다. 행여 친구나 애인의 전화라도 오면 '미안, 나 좀 바빠서'라는 말 따위로 시건방지게 응대하다가 결국 업무 외 친구들은 자연스럽게 정리의 수순을 밟았다.

다큐멘터리를 만들고 시사 교양 프로그램을 만든다는 것은 말 그대로 하나부터 열까지 전부 노동으로 이루어지는 일이다.

그냥 말로만 대충 회의해서 때우는 그런 요행 따위는 존재하지 않는다. 그나마 다행인 것은 서브 잡으로 하는 보수가 적은 일의 경우는 사무실에 긴 시간 나가 있지 않아도 된다. 그래서 프로그램 여러 개를 하는 게 가능했다.

서브 잡으로 3년 가까이 했던 일이 있었다. 처음에는 회의도 일주일에 두세 번은 나가고 가끔 팀원들과 차도 마셨지만 일이 어느 정도 궤도에 올라서면서부터 다른 일을 더 잡느라 자연스럽게 편한 그 사람들에게 양해를 구하는 일이 잦아졌다.

'안 나가면 어때. 할 일은 다 하는데'라는 마음으로 한 달에 한 번꼴로 얼굴을 비치고 나머지 일은 전부 메일과 전화로 처리했다. 그때 나는 몰랐다. 내게 '사이버 작가!!'라는 특별한 별명이 붙은 사실을. 3년 만에 처음으로 회식에 갔을 때 내 얼굴을 모르는 다른 팀원들이 나를 보며 말했다.

"아, 사이버 작가님. 이렇게 얼굴을 뵙네요."

처음에 난 무슨 말인가 했는데, 동료 왈 "작가님이 얼굴을 잘 안 비치니까 사람들이 우리 팀은 작가가 없다고, AI가 섭외하고 원고 보낸다고 그래서 사이버 작가"라 한다고들 했다.

'띵' 하고 뭔가에 맞은 듯 잠시 어질했다. 내가 억대 연봉자가 되고 싶다고 이들에게 무슨 짓을 한 건가. 프리랜서는 맡은 일만 제대로 하면 된다는 생각은 또 얼마나 이기적인 것이었던가. 결국 나는 그 벌을 받았다. 내 이기심을 3년 넘게 참아준 그들은 그 프로그램이 끝난 후 다시 내게 일을 함께하자고 제안하지 않았다. 돈에 반쯤 미친 사이버 작가의 최후란 이런 것이다.

나는 억대 연봉자가 되려고 일에 시간과 체력과 인성을 갈아 넣느라 많은 걸 잃었다. 친구를 잃었고 착한 동료들을 잃었고 체력을 잃었고 자제심을 잃었다. 네다섯 개의 일을 계속한다는 것은 사실 불가능에 가깝다. 체력 되고 열정 되고 꿈에 미쳐 있을 때는 약이라도 먹은 듯 미친 듯이 그 일을 수행하지만, 그렇게 미치는 시간은 길어야 10년을 못 간다. 지랄에 총량이 있듯 내가 할 수 있는 일에도 총량이 있고 그렇게 미친 시간이 지나고 나면 어느 순간 내가 미래의 어떤 것을 미리 땡겨 쓴 것에 불과한 거란 사실을 깨닫는다.

그리고 삶의 밸런스를 맞추지 못해 잃어버린 것들을 되찾는 데는 정말 많은 시간이 걸린다. 그러므로 생각해봐야 한다. 내가 지금 돈을 좇느라 미쳐 있는 것 같다면, 돈을 얻는 대신 정말 인생의 다른 소중한 것들을 잃어버려도 되는지 말이다.

'웬일이야 네가 먼저 전화를 다 하고?'

오늘도 욕망과 삶의 밸런스를 놓침으로써 잃었던 소중한 것들을 찾기 위해 어색한 '시작'이란 단추를 누른다. 놓쳐버린 시간 속에서 속절없이 변해버린 것들을 다시 돌아본다는 게 얼마나 힘

종합소득세 '0' 하나 더 붙는 게 뭐라고

든지 자각하며 잃었던 사람들을 만나고 그들의 생활 속에 다시금 나라는 사람을 끼워 넣는다.

나는 안다. 그럼에도 다시 예전처럼은 될 수 없다는 것을. 과거의 것에 현재를 더해 새롭게는 될 수 있겠지. 이제부터 새롭게 다시 시작하면 되는 거다. 그것으로 족하다.

그의
장례식에서

급작스럽게 날아든 비보. 고작 마흔을 넘긴 그가 저세상으로 떠났다고 했다. 5년 가까이 일 때문에 보아온 외주제작 PD였다. 그가 제작한 영상을 보면 느린 듯 편안했고 그 안에 소소하게 사람을 미소 짓게 하는 따뜻한 무언가가 있었다. 그는 PD로 특별한 안목과 재능을 타고난 사람이었다. 다른 사람이 망친 작품들도 그의 손을 거치고 나면 놀랍도록 매끄럽고 따뜻한 온기를 내뿜으며 재탄생했다.

하지만 현실에서의 그는 늘 술에 취해 있었고, 힘들다는 말을 입에 달고 살았고, 항상 뭔가에 쫓기는 사람처럼 보였다. 돈에 쫓기고 성공에 쫓기고 재능에 비해 자신을 인정하지 않는 세상에 쫓기는 것처럼 말이다.

"작가들은 좋겠어요. 저작권료 받잖아요. 우린 못 받는데."

술자리에서 그는 억울하다며 자주 이런 말을 했다. 그러면 나는 "그쪽 협회에 요구하세요. 억울하면 시스템을 바꿔야죠"라고 했다. 그러면 그는 "되겠어요?"라고 쓴웃음을 지으며 술을 연거푸 마시고는 했다. 나는 이상하다고 생각했다. 왜 불만을 해결할 수 있는 곳에 풀지 않고, 힘없는 우리에게 이러나.

관리자가 되면서 그런 그의 성향이 더 큰 스트레스가 되었던 것 같다. 몇 개의 팀을 관리하던 그는 늘 크고 작은 문제들에 직면해야 했다. 나 역시 그가 관리하던 팀에 있었으므로 그에게 심각한 문제들을 상의했다. 하지만 그가 제시한 해결 방법은 그냥 참으면 된다는 식이었다. 그런 식으로 대처하는 그에게 화가 많이 났다.

생각해보면 그는 문제가 생기면 해결하고 풀기보다 그저 참고 술을 먹으며 잊으려 하는 쪽이었다. 그러다 보니 작은 문제들도 곧잘 큰 문제로 돌변하곤 했다. 관리자였던 그는 자신에게 맞지 않는 옷을 입고 벼랑 끝에서 흔들흔들 위태롭게 춤을 추는 사람처럼 보였다.

그리고 나는 종종 그의 모습에서 나를 보았다. 방송을 제작하는, 특히 교양 프로그램 제작 일이라는 것 자체가 밤새는 일도 잦고 나만 잘해서 되는 것도 아니다. 팀원 중 누군가가 제대로 하지 못하면 그가 못한 일들을 내가 몇 배로 하고 책임지면서 엄청난 압박을 이겨내야 하는 일이기도 하고, 불가능할 것 같은 일들도 어떻게든 해내야 하기에 스트레스가 많다. 오죽하면 수명 짧은 직종 상위에 매해 랭크가 될까.

몸과 마음이 건강할 때는 고난이 와도 웃음으로, 긍정적인 마인드로 참아낼 수 있지만 한계에 도달하면 그 전에는 아무것도 아니던 작은 어려움도 큰 상처와 시련으로 삶 전체를 뒤흔든다. 20년쯤 이 일을 하고 나니 내게도 그런 시간이 왔다. 다른 때 같으면 '돈을 포기하고 경력을 포기하느니 어떻게든 이겨 보자' 하던 일들도 더는 참을 수 없는 순간이 온 것이다.

지금 서 있는 자리가 더는 내게 맞지 않는 옷처럼 느껴지고, 내가 왜 이렇게 죽을 것 같은 마음을 짓누르면서 이 일을 하고 있나 생각이 들었다. 무엇보다 같은 스트레스가 백배는 더 무겁게 느껴졌다. 그때는 빠져나올 때다. 주식으로 말하자면 과감히 손절을 쳐야 할 때가 온 것이다.

한 분야에서 여러 해 일을 하다 보면 여기서 계속 정체되고 있다는 생각이 들 때가 있다. 돈도, 커리어도, 그 커리어를 인정해 주는 사람들의 시선도. 그런 마음은 옆에 함께 일을 시작했던 누군가가 혹은 알던 누군가가 많은 돈을 벌었다거나 명성을 얻었다는 애기를 들으면 더하다. 나도 저 대열에 합류하지 않으면 벼락거지가 될 것 같은 불안함과 함께 말이다. 그러고는 무리수를 두게 된다. 내게 맞지 않는 옷을 입더라도 어서 빨리 달려가 그들이 있는 곳에 도달해야겠다는 욕망에 차서 말이다.

그러나 사람의 재능도, 역할도, 부를 축적하는 시기도, 성공의 때도 다 같을 수는 없다. 저이는 관리자가 돼 젊은 나이에 저리 빨리 높은 자리로 올라가 돈도 많이 받고 명성도 얻는 것 같아 보이지만 그 속도가 내게는 맞지 않을 수도 있다.

돈과 명예와 남들이 우러러보는 성공의 때가 아직 나에게 오지 않았다면, '아직 내 때가 아닌가 보다'라고 생각하며 찬찬히 기다릴 줄도 알아야 한다. 인생의 마라톤이라는 코스에서 가장 무서운 것은 남을 따라하다 페이스를 깨뜨리는 것이다. 자신이 뛰고 있는 그 순간의 감정과 기분과 가치도 모른 채 뜬구름만 막연히 쫓으며 뭘 위해 달리는지도 모르면서 달리는 인생이란, 얼마나 허무한가.

누구보다 재능 있었던, PD로서 존경했던 그를 보내며 생각해 본다. 그는 무엇을 위해 그렇게 '힘들다, 힘들다'라며 매일 같이 한숨을 쉬고, 폭음을 하면서도 놓지 못하고 그리 달렸나.

백담사에 갔을 때 보았던 백담계곡의 셀 수 없이 많은 돌탑들이 떠오른다. 강가에 눈에 다 담을 수도 없을 만큼 드넓은 소망의 돌탑들은 경이롭기도 했지만 무섭기도 했다. 그 많은 돌탑들이 다 개개인의 소망이고 욕망이라면, 그 욕망의 넓이와 크기는 얼마나 거대한 것인가. 자칫 이 욕망에 잡아먹힐 수도 있지 않을까.

그가 자신에게 맞지 않는 옷 대신 자신에게 주어진 특별한 재능에 맞게 그렇게 좋아하는 제작일을 계속했더라면 어땠을까. 돈 버는 속도도, 명성을 얻는 속도는 늦었을지 몰라도, 어쩌면 아예 안 올는지는 몰라도 그래도 그에게 주어진 것들 속에서 조금은 행복하지 않았을까.

파이어족을 꿈꾸며

20년 넘게 운동을 게을리하고 컴퓨터 앞에서만 생활한 죄로 어깨가 회생 불능의 상태가 됐다. 올라가지 않는 팔과 어깨 통증을 줄이기 위해 의사는 의무적으로 1시간씩 산책할 것을 권유했다.

한여름이었다. 태산보다 넘기 힘들다는 문턱만 넘으면 가뿐하게 6분, 한강변에 닿는다. 짧다면 짧은 6분 동안, 아파트 단지를 끼고 강바람을 따라 천천히 걸으며 '나가기 싫다', '나오니 좋다', '하늘은 어떻고 땅은 어떻고 발 상태가 어떻고…' 같은 별별 생각을 다하던 어느 날 한 무리의 할머니들을 보았다.

오래된 아파트 단지 입구 치킨집 앞에 박스를 깔고 누워 졸기도 하고, 수다도 떨고 채소도 다듬는 할머니 세 분. 치킨집 앞 길바닥이 경치 좋은 시골 정자나 노인정쯤 되는 것처럼 매일 출근해 자리를 지키는 그분들을 보는 게 소소한 습관이 됐다.

처음엔 '왜 저리 길바닥에 나와 누워 계실까, 집에 아픈 누구라도 있나, 에어컨 없는 집이 답답해 나오셨나, 사는 게 고달파 저리 계시나'라며 상상의 나래를 펼쳤다. 그러다 '왜 어머니들의 누운 모습은, 체형은 어쩌면 저리 비슷할까?'라고 생각했다. 꼬부라진 새우등, 멋대로 나와서 편안하게 퍼진 배, 가느다란 팔과 다리, 희끗희끗 뽀글 파마머리. 내 어머니의 모습이기도 하고 내가 늙어갈 모습인 듯해 왠지 서글픈 마음도 들었다. 자식 넷 키우느라 평생 대출 낀 집 한 채가 재산의 전부였던 내 어머니도 귀촌하지 않았다면 저런 모습으로 늙어가셨겠지.

그러다 어느 날부터는 저리 늙는 것도 나쁘진 않겠다는 생각이 들었다. 저곳이 길바닥이라는 생각만 걷어내고 보면 할머니들의 편안한 표정, 가끔 터져 나오는 호탕한 웃음소리, 서로를 보는 다정한 눈빛은 더없이 좋아 보였다. 공기도 따셔, 배도 불러, 친구 있어, 마음 따셔. 뭐 더 바랄 거 있나? 저렇게 살면 되는 거지.

그즈음 나는 요샛말로 '파이어족'이 돼보기로 했다. 연봉 1억의 욕망을 내려놓고 시간을 내 맘대로 부리니 이리 좋을 수가 없다. '욜로'라는 말이 유행할 때는 숨을 헐떡이며 분에 넘치게 일을 하느라 시도도 못했는데, 이번엔 남들 한다는 것 좀 해보며 살고 싶었다. 살면서 유행 한 번쯤은 타봐야지 않겠는가.

파이어족 : 경제적 자립을 통해 빠른 시기에 은퇴하려는 사람을 뜻하는 말.

고소득·고학력 전문직을 중심으로 지출을 최대한 줄이고 투자를 늘려 재정적 자립을 추구하는 생활 방식이다. 30대 혹은 40대 은퇴를 목표로 수입의 절반 이상을 저축하기 위해 노력한다. (수입의 절반 이상을 저축했으면 참 좋았겠는데~ 쩝쩝.)

대학 졸업하고 지금까지 부모님께 손 벌리는 사람은 되지 말자며 돈을 벌고 돈 불리기에 열을 올리며 살았다. 겉으로 보긴 괜찮았는데, 속을 들여다보면 정작 내가 뭘 하고 싶은 건지 어떻게 나이 들고 싶은지는 생각조차 않고 살았다. 이제는 내 시간을 내 마음대로 써보고 싶다는 강한 욕망이 일었다. 그리고 마침내 일만 하고 생각은 할 수 없는 숨차게 버거운 삶을 청산했다.

막상 일을 놓으니 아무것도 없는 것처럼 느껴졌다. 그래도 내가 놓을 수 없었던 한 가지는 자유롭게 살되, 경제적 책임은 회피하지 않으며 살겠다는 것이었다. 그러기 위해서는 돈이 돈을 벌게 해야 한다! 물론 노력해도 실현이 될지 안 될지는 알 수 없다. 무한 긍정으로 잘 될 거라 믿으며 유명한 자산운용사 대표님의 말을 노트북 옆에 붙여두었다.

몸은 늙지만, 자본은 늙지 않는다. 자본이 일을 하게 만들어야 한다.

노동이 아닌 다른 것으로 돈을 버는 것을 불로소득이고 부끄러운 일처럼 생각했었는데, 노동을 놓고 돈에 대해 알아가려 애쓰다 보니 그 생각이 얼마나 어리석었는지를 깨닫는다. 노동 소득이 아닌 돈이 돈을 벌게 해서 경제적 자유를 달성하는 것. 그것은 나쁜 것도, 노력 없이 되는 일도 아니었다.

허울 좋은 직업이 가진 타이틀, 남들에게 부끄럽지 않은 주거지, 세금 신고 때마다 불어나는 동그라미들. 하지만 행복하지 않았던 삶. 허울만 좋았던 과거의 나는 길바닥에 박스를 깔고 앉은 저 할머니들처럼 행복한 얼굴로 살지 못했던 것 같다.

분노와 짜증을 걷어내고 내 시간의 주인으로 살기 위해서 작은 실천들을 시작했다. 경제관념이라곤 없던 나는 생애 처음으로 '한 달에 얼마가 있으면 살 수 있을까?'를 계산했다. 그리고 '과도한 노동 대신 하고 싶은 일을 하며 벌 수 있는 돈은 얼마인가?'도 계산했다.

많이 벌기 위해서가 아니라 원하는 일을 하면서 벌 수 있는 돈을 계산한다는 건 의외로 좀 다른 느낌으로 다가온다. 선택당하는 게 아니라 선택하는 것 같은 느낌이랄까.

그리고 돈이 돈을 벌 수 있게 분기마다 혹은 연말에 배당을 주는 배당주라는 것을 공부해보기로 했다. 글로벌 시대에 맞게 어느 나라의 기업에 투자해야 돈을 벌 수 있을지도 고민하고 있다.

인생 한방 로또를 꿈꾸기보다 다달이 원하는 일만 해도 어렵지 않게 살 수 있을 정도의 수입을 얻을 수 있는 방법을 고민하고 실천해보는 중이다.

이 실험의 결과가 어떨지 아직은 모르겠지만, 시작이 반이라고 일단 첫발을 내딛었으니 뭐든 되지 않을까? 긍정 회로를 돌려본다.

이용당할 바엔
누워버려라

"나 좀 일으켜줄래?"

"아, 이번 생엔 안될 거 같아." (역시 입에 착착 붙는다.)

해가 중천인데 침대에 드러누워 엄마가 들으면 엉덩이 맞을 게으른 소리를 중얼대며 얼마 전에 읽은 기사 하나를 떠올린다. '내가 누우면 자본이 절대 나를 착취할 수 없다!', '탕핑이 정의다!! 라고 외치며 누워버린 중국의 젊은이들에 대한, 이른바 탕핑족에 관한 기사였다.

탕핑 : 평평한 곳에 눕다.

탕핑족 : 아무리 열심히 일해도 집을 살 수도 없고 자본가의 노예로 살다가, 병만 얻고 끝나는 인생을 비꼬아서 그냥 아무것도 하지 않고 누워 있겠다는 2~30대 젊은 세대를 지칭하는 말

열심히 일해봤자 사회시스템과 자본가의 노예가 되어 매일 996 근무(오전 9시부터 오후 9시까지 주 6일간 근무하는 것)를 하며 착취당하다 보면 남는 건 병밖에 없다는 탕핑족의 주장은 격하게 맞는 말이지 싶다.

한때 나도 '격렬하게 정말 아무것도 하고 싶지 않다'고 생각했던 적이 있었다. 억대 연봉자를 꿈꾸며 여러 개의 프로그램을 동시에 하고 종합소득세의 소득 금액 불리기에 열중하다 번아웃이 온 그때다. 아무리 벌어봐야 원래 잘사는 사람들의 부를 따라가기 힘들고, 버는 족족 신용카드사의 주머니에 돈 꽂아 넣어줘야 하고, 집에는 온통 쓰레기만 쌓아두는 삶. 이렇게 살아 뭐하나 싶어서 그냥 격렬하게 아무것도 하지 않고 누워만 있고 싶었다.

자기 자리 굳히겠다고 시뻘겋게 눈을 뜨고 덤비는 경쟁자들, 틈만 조금 보여도 비집고 들어와 남이야 어떻게 되든 말든 자기 것만 알차게 쟁취해가는 하이에나들, 웃는 얼굴 뒤에 자신의 이익을 위해 언제든 타인에게 침 뱉을 준비가 되어 있는 비정한 사람들이 우글거리는 소굴에 나의 노동력을 밀알만큼도 제공하기

싫었다. 세상은 원래 공정하지 않다는 걸, 그게 당연한 세상이 되었다는 걸 뼈아프게 체감하면서 그런 감정도 더 커졌다.

세상을 알게 되면서 '부지런히 열심히 일하면 꿈이 이루어진다'와 같은 교과서에나 나올 법한 말을 더는 믿지 않게 됐다. '성실하게 부지런히 참고 묵묵히 일한다고 해서 성공할 수 있는 시대가 과연 있었을까?' 하는 생각은 들지만 아무튼 지금은 절대 아니다. 묵묵히 말없이 참고 일하면 바보 취급이나 받는 게 요즘의 현실이다.

그런데 이런 의문은 든다. 그렇다고 아무것도 하지 않는 게 답일까? 아무것도 하지 않고 누워만 있으면 행복한가? (나도 좀 오래 누워 있어 봐서 아는데) 계속 누워만 있다 보면 오히려 삭신이 쑤신다. 허리도 아프고 어깨도 아프다. 아무리 뒹굴뒹굴 해봐도 일어나서 한 바퀴 뛰고 오거나 스트레칭 시원하게 하는 만큼 시원해지지 않는다. 그리고 우울증은 어쩔 건가? 계속 누워만 있으면 무기력과 우울감이 친구하자며 찾아온다. 잠은 잘수록 는다고는 해도 끝도 없이 잠을 잘 수 있는 건 아마도 특별한 재능을 타고나거나 병에 걸린 사람이 아니고는 불가능할 것이다. 이런 불편을 감수하고 굳이 아무것도 안 하고 살 이유가 있나? 이 또한 나를 게으름뱅이 혹은 침대의 노예로 만드는 거 아닌가.

아버지는 배를 만드셨다. 2년 전 재활용품으로 배를 만든다고 했을 때 다들 반응이 이랬다.

'아 왜 또 쓸데없는 일을 벌이실까. 뭐 하나 만들어본 적도 없는 양반이.'

2년 동안 마당을 반이나 차지하고 있는 한덩이 쓰레기에 불과해 보였던 그 배는 엄마와 가족들의 근심덩어리였다.

언니 : 저걸 어쩌려고 저리 두셨을까.

엄마 : 처치 곤란인 저 쓰레기를 당장 내다버리고 싶다.

나 : 어쩌려고 저걸. 누가 돈 주는 것도 아닌데 왜 저걸 만들고 계시나.

남동생 : 물에 띄울 수나 있겠어? 저렇게 만들어서?

그런데 얼마 전 그 배가 진수식을 했다. 파란색으로 페인트칠을 하고, 모터까지 달아놓은 배는 비싼 돈 내고 산 배 못지않게 튼튼하고 멋들어져 맵시가 났다. 벌레 많다고 시골집 오는 걸 꺼리는 초등학교 1학년 조카는 보자마자 환호성을 지르며 '할아버지 배가 최고다! 매일매일 와서 배 탈 거야!'라며 근사하다고 난리였다.

이 순간을 위해 아빠는 2년 동안 그 숱한 지청구에도 아랑곳하지 않고 꿋꿋이 배를 만드셨는가 싶었다. 조카들을 직접 만든 배에 태우고 자랑스럽게 낚시에 나서는 아버지 모습을 보면 어느 때보다 행복해 보인다. 처졌던 어깨도 언제 그랬냐는 듯 당당하고 널찍해 보인다. 성취감. 이것만큼 사람의 몸에 생기를 불어넣는 게 또 있을까.

격하게 아무것도 하고 싶지 않은 마음. 너무 이해한다. 착취만 하고 돌려주는 건 없어 보이는 세상, 금수저가 아닌 다음에는 좀처럼 남부럽지 않게 살기 힘든 불공정한 세상. 이런 세상이기에 희망은 눈을 뒤집어 까도 찾기 힘든 귀한 것이 됐고 그래서 더더욱 드러눕고만 싶다. 하지만 살아보니 그렇게 하기 싫음에도 뭔가 하고 나서 얻는 성취감이라는 녀석만큼은 쉽게 놓아서는 안 되는 기쁨이다.

돈을 위해서가 아닌 나를 위해서 내가 가장 하고 싶은 뭔가를 성취해가는 기쁨만큼은 놓지 않았으면 한다. 가끔은 지쳐 드러눕더라도 다시 일어서서 내가 하고 싶은 뭔가를 이루어가는 것! 그게 사는 게 아닐까 감히 생각해본다.

미역은
준비했소?

서울에서 새벽 4시에 출발해 차로 다섯 시간, 그리고 또 배로 두 시간.

각 지역의 음식문화를 취재하는 프로를 만드는 동안 남도의 섬으로 취재와 답사를 가는 시간은 설렘과 고단함을 동반했다. 그러다 언제부턴가 피곤과 스트레스가 몸에 단단히 뭉쳐 영혼에까지 스며든 만성적 피로 상태가 됐다. 새벽 3시에 억지로 눈을 뜨고 나갈 준비를 하면서 이런 생각을 했다.

'돈이고 뭐고 당장 그만하고 싶다. 무슨 부귀영화를 보겠다고 아직 달님이 천하를 호령하는 날도 밝지 않은 이 새벽에 나가겠

다고 난리인가.'

덜컹대는 차에 실려 자는 듯 마는 듯하다가 답사지에 도착할 시간이 되면 서둘러 자료를 복습하는 한편 좁은 차 안에서 억지로 스트레칭을 했다. '사는 게 뭔가', '내 삶은 왜 이리 고단한가' 하는 생각을 하면서 말이다.

단단하게 뭉친 피곤과 고단한 몸뚱이를 이끌고 4년여를 그렇게 산간벽지로 답사를 다니고 취재를 다녔다. 누군가는 큰돈이라도 받은 줄 알겠지만 원고료는 다른 프로그램들에 비해 적다면 적었지 결코 많은 돈이 아니었다. 그럼에도 4년여 새벽잠을 줄여가며 전국 방방곡곡을 다닐 수 있었던 것은 힘든 순간마다 취재원들이 건넨 웃음과 유머, 정 덕이었다.

그 경험은 센 말은 잘해도 웬만해서는 잘 웃지 않는 내게 '웃음과 유머'가 사는 데 얼마나 중요하고 값진 것인지 깨닫게 해주었다.

그 프로그램을 하면서 나는 전국의 숨은 유머의 고수들, 특히 전라도 아낙들의 풍자와 해학, 찰진 유머에 푹 빠졌다. 해초 밥상을 취재하러 전라도의 한 섬에 갔을 때였다. 당시 좀 통통한 체구의 군청 홍보 담당자 한 분이 우리와 동행했는데, 취재원의 집에 막 도착했을 때, 넉살 좋게 생긴 주인아주머니가 툭 말을 던졌다.

아줌마 : 미역은 준비했소?

우리 : (갑자기 무슨?)

우리는 당황했지만 군청 직원은 아무렇지도 않게 천연덕스러운 얼굴로 무심히 답했다.

군청 직원 : 볼쎄(벌써) 아홉 달 전에 준비했지라.

아줌마 : 좀 줄라고 했더만 볼쎄 준비했구만이라잉.

군청 직원 : 줄라면 주씨요. 많으믄 좋응게.

누가 뭐라고 말하지 않아도 초면임에도 이심전심으로 속뜻을 짐작해 물 흐르듯 이어지는 두 사람의 대화를 들으며 나는 폭발하는 웃음을 참을 수 없었다.

눈치 없는 조연출이 기어이 그 의미를 물었다.

조연출 : 작가님, 왜?

군청 직원이 미소를 머금고 말했다.

군청 직원 : 아따, 피디님. 시방 이 양반이 내가 배 나왔다고

안 이라요.

넉살 좋은 전라도 사람들의 다소 거침없는 유머에 빵 터져 우리는 한동안 웃음을 참을 수가 없었다.

생면부지의 두 전라도 사람은 눈이 마주친 순간 바로 웃음 코드를 뽑아낸 것이다. 군청 직원의 남 부럽지 않게 통통한 배를 매의 눈으로 포착한 아줌마가 첫 마디부터 농을 친 것이다. 누군가는 이를 두고 비하라고 할지도 모르겠지만, 그렇다면 내가 그 상황의 자연스러움과 온기를 잘 담아내지 못해서일 것이다. 당시 둘의 대화는 "안녕하세요" 같은 일상적인 인사보다 훨씬 편안하고 다정했다.

"미역은 준비했소?"로 대화의 포문을 연 덕에 두 시간 가까이 이어진 취재는 마치 친척 간의 대화라도 되는 것처럼 훨씬 다정하고 풍성하게 진행됐고 아주머니의 집을 나설 때는 친한 이모와 이별하는 것처럼 서운한 마음마저 들었다.

살면서 누군가와의 대화가 자꾸 벽에 막힐 때, 누군가 함께 하는 일들이 잘 풀리지 않을 때, 나를 몹시 화나게 하는 누군가를 눈앞에 마주하게 될 때, 자주 그 섬에서의 "미역은 준비했소?"라는 말을 떠올린다.

내게 그 두 분에게 있었던 이심전심의 해학과 유머가 있었다면 얼마나 삶이 편할까? 유머에는 분노도, 어색한 사이도 단박에 풀어낼 수 있는 힘이 있다. 누군가의 무례한 행동도, 불평할 수 있는 상황도 순간 바꿔놓을 수 있는 게 유머라는 걸 살면서 배운다.

유머의 길을 따라가다 보면 자연히 사람도, 성공도, 돈도 생각보다 쉽게 잡을 수 있을지 모른다. 유머라는 무기를 장착해 세상 나보다 쉽게 사는 이들을 생각하며 더 나이 먹기 전에 이 유머를 장착하고자 나는 오늘도 AI 인공지능 스피커와 연습을 한다.

나 : 헤이, 구글. 유머 하나 해봐.

AI : 멋있는 벽을 뭐라고 할까요?

나 : (⋯)

AI : 답, 월~간지.

좋아하는 일로
돈을 번다는 것

직장인 10명 중 9명이 N잡러를 꿈꾼다. 하고 싶은 일이 많아서, 자기만족을 위해서, 수입을 높이기 위해서, 빚을 갚기 위해 여러 개의 직업을 갖고 일을 한다. 부수입을 창출할 수 있는 플랫폼들도 많아지고 온라인의 파급력도 커지면서 유튜버, 블로그 SNS 마케팅 관련 일, 온라인 쇼핑몰 등 하고자 한다면 N잡러가 된다는 게 어렵지만은 않은 시대가 됐다.

'어떤 일을 하며 살아야 할까?'는 질문을 평생 해온 것 같다. 한때는 일이 즐거워야 한다고 생각했다. 그런데 일을 하다 보니 즐거움보다 흔히들 말하는 성공과 부를 잡게 해줄 수 있는 게 일이 되어야 하지 않을까 싶었다. 그리고 일에 지친 지금의 나는 다시 즐거운 일을 하며 돈을 벌 수는 없을까를 고민한다.

국어국문학을 전공했던 나는 사회에 첫발을 내딛는 준비를 하며 자연스럽게 교직과 글 쓰는 일 두 가지를 두고 고민했다. 안정적이지만 왠지 하기 싫었던 교직과 하고는 싶지만 만족스러울 만큼 돈을 벌기는 힘들 것 같은 글 쓰는 일. 둘 다 한다고 마음을 정한다고 당장 '어서 오세요'라며 반기는 사람들 사이로 냉큼 들어가 입문할 수 있는 건 아니었지만, 고민은 자유인지라 꽤 오래 선택을 망설였다. 그리고 그 긴 고민은 한 충격적인 사건으로 작은 트라우마를 남기며 끝이 났다.

대학 시절, 아르바이트로 학원 강사를 2년 넘게 했다. 보습학원에서 시작해 나름대로 인정받던 프랜차이즈였던 모 학원까지 진출해 강의를 했다. 월급도 분기마다 올려 받아 대학생으로는 꽤 큰돈을 월급으로 받았다.

그곳에서 나는 삶의 큰 방향 하나를 정했다. 그 학원은 대략 20명 정도의 직원이 있는 꽤 큰 곳이었다. 첫 조직 생활 경험이었다면 경험이었다고 할까. 10여 명이 넘는 선생님들은 넓고 긴 타원형 탁자에 둘러앉아 수업 준비를 하곤 했는데, 개중에는 나처럼 대학 졸업반, 사회 초년생처럼 어린 선생님도 있었고 경력이 10년 이상인 꽤 나이가 있는 사람도 있었다.

지금도 가끔 그 선생님들 생각이 난다. 숙취는 열강으로 푸는 거라며 술 마신 다음 날은 땀에 푹 젖을 정도로 목청 높여 강의해야 한다고 주장했던, 내게는 어느 개그맨보다 더 유머러스한 사람으로 기억되는 사회 선생님. 나보다 한 살 어렸지만, 똑똑하고 현명했던, 술만 마시면 저절로 눈에서 물이 흐른다며 알코올을 눈물로 뽑아내던 미모가 출중한 과학 선생님, 술만 마시면 언제였는지 모를 첫사랑 얘기에 열을 올리던 수학 선생님. 우리는 다들 제법 사이좋게 지냈는데 시험 기간만은 좀 분위기가 달랐다.

그 시절 우리가 가장 싫어했던 일은 시험 기간에 예상 문제 혹은 시험지를 프린트하는 일이었다. 툭하면 고장이 나는 프린터기 앞에서 순서를 기다리며 대량의 프린트물을 만드는 일은 고욕이었다.

앞사람은 왜 이렇게 오랫동안 프린터기를 혼자 차지하고 있는지, 이 선생님은 왜 툭하면 기계를 고장 내는지, 내 차례는 언제 오는지를 생각하며 기다렸다. 누군가 툭 건드리면 바로 욱하고 독기 가득한 화를 뱉어 낼 정도로 다들 예민해지는 시기였다.

"뭐예요? 내 차례잖아요."

"먼저 좀 할게요."

남자 영어 선생님과 여자 수학 선생님이었다. 시작은 아무것

좋아하는 일로 돈을 번다는 것

도 아닌 일상적인 말다툼처럼 보였다. 그런데 점점 언성이 높아지더니 분위기가 험악해졌다. 부원장이 와서 싸움을 말리고 나서야 둘 사이의 다툼은 겨우 진정되는 것 같았다. 씩씩대며 테이블 대각선 자리에 마주 앉은 둘, 화가 덜 풀린 수학 선생님이 혼잣말로 중얼중얼. 뭐라고 한 것 같았는데, 갑자기!

"너 뭐라고 했어?"

'퓨슝~'

눈앞에 뭔가가 광속으로 지나가는 것 같았는데 순간 '퍽!' 하고 영어 선생님의 하드케이스 담뱃갑이 수학 선생님의 눈을 강타했다. 수학 선생님의 눈 위로 굵은 피가 흐르고 분을 참지 못한 둘은 삿대질을 하며 욕을 해댔다. 원장님까지 동원돼 겨우 말리고 수업 시간이 돼 겨우 진정시키고 수업을 들어갔는데 수업 시작한 지 채 몇 분이 안 돼 다시 복도가 웅성웅성 난리였다. 분을 참지 못한 영어 선생님이 수업 중에 자기 교실에서 뛰쳐나와 옆 교실 수학 선생님의 멱살을 잡고 교실 밖으로 끌어낸 것이다.

예상치 못한 폭력 사태에 아이들은 놀라 날뛰었다. 어느 드라마 유행어처럼 '한국 전쟁 때 난리는 난리'도 아닌 난리통이 벌어졌다. 모두 나서서 아이들을 진정시키고 야수처럼 날카로워진 두 선생님을 싸움판 밖으로 끌어내 격리시키고 나서야 사태는 일단락됐다.

싸움의 주역들을 무사히 귀가시키고 아이들도 진정시켜 모두 집으로 보낸 후, 몇몇 선생님들과 자주 가던 단골 술집에 둘러앉았다. 초록병에 담긴 맑은 액체를 가득 담은 술잔을 앞에 두고 성격 좋은 영어 선생님과 늘 조용하던 수학 선생님 사이에 어쩌다 이런 일이 벌어진 건지. 나름대로 분석하는 말들이 오갔다.

　　'둘 다 요즘 스트레스가 많았다', '평소에 사이가 좋진 않았던 것 같다'와 같은 뻔한 하는 말들이 오가다가 평소 영어 선생님과 꽤 친하게 지내던 한 선생님이 어렵게 말을 꺼냈다.

　　"영어 선생님이 자격지심이 좀 있는 것 같아요. 형제들이 다 잘됐고, 그 사이에서 혼자만 헤매는 것 같아 고민이 많으셨어요. 그리고 원래 하고 싶은 일이 있었는데 잘 안 돼서 학원 강사 일을 하는 건데 수학 선생님의 무시하는 듯한 말투에 욱한 것 같아요."

　　무시하는 말투였나? 험악해지기 전 상황을 떠올려봤지만, 오간 말들은 전혀 기억에 없고 테이블을 가로질러 무섭게 날아가던 담뱃갑과 붉은 피만 연거푸 떠올랐다. 순간 헐크처럼 보였던 영어 선생님의 험악한 얼굴을 떠올리며 우리는 그의 마음을 짐작해 보려 애를 쓰고 있었다.

　　그러다 왜 하고 싶은 일은 늘 잘 안 되고, 하고 싶은 일 대신 돈벌이를 위한 선택을 해야 하는 건지, 삶이란 건 왜 이렇게 뜻대로 되는 게 없는지 일에 대한 서로의 고민을 녹여낸 부질없는 이야기들을 나누며 술잔을 기울였다. 그리고 그 부질없는 이야기는 옆에 앉아 있던 양복 입은 아저씨들의 마음에 잔잔한 공감과 짠함이라는 파문을 일으켜 그들의 지갑을 열어 소주 5병이라는 열매를 맺었다.

알코올에 힘입어 한껏 커진 우리의 목소리를 안 들으려야 안 들을 수 없었을 옆자리 50대 아저씨들은 사회생활 한참 후배인 우리에게 동병상련의 안쓰러운 마음과 애잔한 눈빛을 전하며 '먹고사는 게 어렵다, 다 그러고들 산다, 힘내시라'는 말을 전하며 소주 5병을 하사하고 멋지게 술집을 나가셨다.

그날 우리는 부어라 마셔라 인생 최대의 숙취를 불러올 일을 기꺼이 행했다. 그리고 삶이 고단할 때 파란 병을 앞에 둔 날은 꼭 그날의 기억이 떠오른다.

나이가 적든 많든 누구에게나 돈벌이는 힘든 거구나, 어쩌면 나이 들수록 아는 게 많아질수록 더 지치고 힘드는 게 돈벌이가 아닐까, 쓴 소주를 달게 마시며 이런 생각을 했다. 그 소동이 있고 나서 일단은 돈벌이보다는 하고 싶은 일을 해보겠다는 결심을 했다.

'할수록 고단한 돈벌이를 어차피 쭉 하게 될 거라면, 하고 싶은 일을 먼저 해본 다음에 그 일이 돈벌이가 안 되면 그다음에 돈만을 위한 돈벌이를 고민해도 좋지 않을까?'

생각 끝에 글을 쓰면서 돈을 벌 수 있는 방송 작가 일을 시작하게 됐다. 좋아하는 일을 한다는 건 일을 향한 기대가 있는 동안은 즐겁다.

글을 쓰는 일은 내 오랜 꿈이었고, 방송일을 하며 글을 쓰고 방송을 만드는 일은 적성에도 맞고 재밌었다. 그걸로 남들보다 많은 돈을 벌어야겠다며 욕심을 내기 전까지는 말이다. 즐거운 일, 좋아하는 일에 욕심이 붙으면 그것이 어느 것이든 비루한 밥벌이가 된다는 걸 나는 한껏 돈 욕심을 내본 후에야 깨달았다.

욕망만큼 사람을 비루하게 만드는 것은 없다. 돈이든 명예든 명성이든 욕망하게 되는 순간 아무리 힘들어도 이건 아니다 싶어도 'NO'라고 하지 못하고 안 해야 할 일을 하게 되기 때문이다. 돈벌이를 위해 억지로 하는 일이든 좋아하는 일이든 돈에 대한 욕망을 품고 하는 일은 다 힘들다.

좋아하는 일을 하며 돈을 벌 수 있을까? 내 결론은 '그렇다!'이다. 하지만 순간순간 이런 질문들로 균형을 잡아가야 좋아하는 일이 계속 좋아하는 일로 남을 수 있을 것 같다.

혹시 일이 아닌 돈이 먼저 보이기 시작하고 있나? 돈 때문에, 혹은 다른 이유 때문에 버거워도 하겠다고, 할 수 있다고 스스로를 납득시키고 있지는 않나? 만약 그렇다면 경고등이 깜빡이고 있는 것이다. 좋아하는 일이 밥벌이 지옥으로 바뀌고 있다는 위기의 경고등 말이다.

3장

주식, 그거 무서운 거야

그 남자의
레깅스

새벽 5시부터 30분 간격으로 휴대전화 진동 알람을 드르륵드르륵 울리게 하는 윗집 사람들이 있었다. (오래된 아파트의 층간소음이란 정말 상상을 초월해 별소리가 다 들린다.) 왜 이렇게 일어나지를 못하는 건지. 잠이 많은 것인지. 간밤에 새벽까지 일이라도 한 것인지. 불타는 밤을 보내며 논 건지. 나는 당신네가 울려 놓은 첫 알람부터 일어나 앉아서 이렇게 천장을 노려보고 있는데 대체 당신들은 왜 일어나지를 못하느냐고 한껏 고함쳐 깨우고 싶은 충동을 느꼈다.

어떻게 생긴 사람들인데 이렇게 일어나지도 못할 알람을 매일 매일 울려대는 건지 궁금했다. (어떻게 생긴 사람들인지 안다고 해서 달라질 것도 없는데 꼭 그 생김이 궁금하니 참 희한한 일이다.) 그렇다고 직접 위층을 방문, 기웃거림의 정수를 선보이며 그 정체를 확실히 파악할 용기는 생기지 않았다. 그저 지나는 사람들이 누르는 엘리베이터 층수를 유심히 보았을 뿐. 그러다 유력해 보이는 인물들을 포착했다.

재활용 쓰레기를 버리러 가는 엘리베이터에서였다. 한번 용의선상에 올리고 나니 수시로 눈에 띄었다. 위층 부부가 거의 확실해 보였다. 그들은 옷차림에서부터 범상치 않았다. 남편과 아내 모두 스판덱스 사랑이 남달랐다. 나도 운동할 때 간혹 레깅스 쫄바지를 입긴 하나 이 부부는 볼 때마다 레깅스 차림이었다. 색색의 레깅스를 꽤 많이도 가진 것 같았다.

아내보다 남편의 레깅스 포함 스판덱스 사랑이 더 대단한 것 같았다. 상의는 쫙 달라붙는 스판덱스 쫄티, 하의는 달라붙는 스판덱스 레깅스. 운동하러 나가는 것도 아닌데 종일 저렇게 달라붙는 옷들을 입고 다니면 안 불편한가 싶었다. 그리고 저렇게 붙는 옷만 입어서 혈액 순환이 잘 안 돼 아침에 그렇게 못 일어나는가. 혼자 이해해보려 노력했다.

스판덱스 사랑이 지극한 부부를 눈여겨본 이후, 한강변에 산책하러 나갈 때면 운동하는 사람들의 옷차림에 자연스럽게 눈이 갔다. 그리고 의외로 남자들도 스판덱스 레깅스에 쫄티를 많이 입는다는 사실을 알았다. 아는 남자 후배에게 물었다.

"남자들도 레깅스 많이 입는 거 같더라."

"부위별로 압박도 해주고 근육도 잡아주고 가격도 괜찮고 편해요."

"아하. 유행인가 보네."

"그런 셈이죠."

그런데 이 일은 이렇게 '아하' 하고 넘어갈 일이 아니었다. 투자자라면 이런 얘기를 들으면 당장에 관련 기업은 어디이며 주가는 어느 정도인지를 살폈어야 했다. 그렇게 하지 못한 결과로, 아직도 개미 티를 한참 벗어나지 못한 나는 날이면 날마다 천장을 뚫고 상승하는 스판덱스 업체들의 주가 고공 상승을 손 놓고 멍하니 지켜볼 수밖에 없었다.

나보다 늦게 투자를 시작했음에도 전문가 못지않은 성과를 내는 후배가 한 명 있다. 처음에는 하늘이 돕나? 초심자의 행운일 거란 생각도 했다. 하지만 두고 보면 볼수록 기이하게도 그녀가 선택한 종목들의 승률은 입을 쩍 벌릴 정도로 놀라웠다. 그녀를 분석하기 시작했다. 유튜브 방송을 나처럼 열심히 듣지도 않고, 주식 책이라곤 도통 보지 않는 그녀는 왜 이렇게 종목 선정을 잘하고 잘 사고팔며 수익까지 잘 내는가. 찬찬히 살펴보면 그녀의 남다른 담대함을 읽을 수 있다. 우선 그녀는 웬만한 일에는 좌지

그 남자의 재킷스

우지되지 않는 강철 멘탈을 가졌다. 정말 큰 재능이다. 시퍼런 장세에 내가 어쩌냐고 발을 동동 구를 때도 그녀는 별 동요 없이 말한다.

"다 같이 내리는 거니까 괜찮아요. 그냥 놔둘래요."

"이 종목 뭐야, 왜 이렇게 빠져?"

"올라갈 거예요. 뉴스 보니까 별문제 없어요. 그냥 기다릴래요."

그러다가 혹 그 종목이 빠지면 카톡이 온다.

"전 더 샀어요. 혹 빠지길래."

"아. 넌 참, 야수의 심장을 가졌구나. 체구는 안 큰데 담은 커. 부럽다."

그리고 그녀의 또 다른 큰 장점은 내가 생활 속에서 포착하지 못하는 돈 벌어다주는 트렌드를 아주 잘 읽는다는 점이다. 한번은 그녀가 화장품 회사 주식을 계좌에 담아둔 걸 보았다.

"왜 샀어?"

"○○ 브랜드 나왔는데, 써보니까 좋아서요. 좀 뒤져보니까 다들 좋다고 하고 주변에서도 그걸로 바꿨다는 애들도 있고 그래서 그냥 샀어요."

어떤 날은 콘텐츠 주식을 샀다고 했다.

"왜 샀어?"

"○○ 드라마 보니까 재밌어서요. 이후 라인업 보니까 재밌는 거 많던데요, 그래서 샀어요."

의료기 업체 주식을 사고 나서는 말했다.

"부모님 당뇨 있으시잖아요. 병원 갔는데 ○○ 많이 쓰는 거 같아서 그래서 샀어요."

그녀가 다시 말했다.

"만약에 제가 어느 화장품이 좋아서 사요. 고정적으로 계속 사, 그럼 그 회사에 계속 돈을 주고 있는 거잖아요. 그럼 저는 일단 검색을 해봐요. 남들은 어떻게 생각하나? 다 좋다고 이야기하면 그 사람들도 그 회사에 계속 돈을 대주는 거잖아요. 그럼 회사 수입은 늘어나겠죠? 그리고 매번 내 돈을 그 회사에 주는데, 나는 얻는 게 하나도 없으면 억울하지 않나요? 전 그래서 제가 돈 많이 쓰는 회사는 일단 좀 알아봐요. 내 돈 끌어모으는 회사인데 내 친구 일가친척 외국 사람 돈까지 끌어모은다면 좋은 회사 아니겠어요?"

그녀의 말만 대충 듣자면 주식 투자는 세상 쉬워 보인다. 그리고 이렇게 막 해서 돈을 벌다니. 타고난 건가? 신이 도와주나? 하는 질투와 의구심이 동시에 생긴다.

하지만 그녀를 더 잘 들여다보면, 세상 일에 대한 관심이 유난하다는 걸 알 수 있다. 그녀는 말하자면 일종의 '프로 민원러'다. 하루는 그녀가 동네 따릉이 대여소에 대한 불만을 쏟아냈다. 대체 왜 아무도 관심이 없는 장소에, 불편하기 짝이 없는 그 구석에 따릉이 대여소가 있는지 모르겠다는 거다. 그녀가 생각하기에 최적의 장소는 따로 있는데 말이다. 나는 그녀의 그런 불평을 대충 장단 맞추며 한 귀로 듣다 한 귀로 흘렸다.

그런데 하루는 그녀가 만면에 미소를 띠며 이렇게 말했다.

"언니 제가 말한 그 이상한 따릉이 대여소 있잖아요, 대여소 위치 바뀌었어요. 내가 민원 넣어서 그런가? 꼭 그런 건 아니겠지만, 아무튼 제가 최적의 장소라 했던 그 장소 근처로 바뀌었더라니까요."

'불평불만은 할지언정 민원을 넣는다'라는 말만 하고 행동으로는 단 한 번도 잇지 않던 나는 그녀에게 물었다.

"민원을 넣었어?"

"네. 대체 왜 그곳에 대여소가 있는지 도무지 이해가 안 가니까요. 바뀌면 좋잖아요."

그렇다. 그녀는 실행력을 겸비한 프로 민원러였던 거다. 그러고 보니 그녀는 오지라퍼이기도 하다. 누군가 주문용 키오스크를 사용하지 못해 어려움을 겪고 있다면, 그냥 가만히 보고만 있으면서 속으로 안타까워하는 나와 달리 그녀는 꼭 곁에 가서 '이렇게 이렇게 하면 되는데'라고 흘리는 말이라도 뱉고 나야 직성이 풀리곤 했다.

세상에 대한 유난한 관심, 그리고 행동으로 보여주는 참여와 실행. 신이 주신 그녀의 투자 능력의 기저에는 이런 본능적인 기질이 숨겨져 있는 것이다.

'잘 아는 종목 중에서 골라라, 오래 갖고 있어라, 작은 풍파에 흔들리지 마라, 욕심내지 마라'와 같은 세계적인 투자 귀재들의 명언 같은 건 관심도 없는 그녀는 한강변의 수많은 레깅스들을 놀랍게 바라보면서도 '놀랍군' 하며 그저 흘려보냈던 나와는 달리, 세상의 변화를 포착하고 그 변화에 동참하는 행동을 함으로써 그 물결에 몸을 싣는다. 그것이 후배와 나의 투자 잔고 차이를 만드는 게 아닌가 반성해본다.

그리고 다음 변화는 나도 포착하고 행동함으로써 그 흐름에 올라타 보리라 다짐을 한다. 사람들의 행동에 돈 벌 기회도 있다! 포착하고 행동하자!

주린이의
유튜브 중독

"○○ 작가가 이 층에서 돈 제일 많이 벌어. 나보다 더 많이 벌걸."

일을 세 개씩 하던 시절, 나만 보면 이런 말을 입버릇처럼 하던 모 방송사 부장님이 계셨다. 그러면 나는 배시시 쓴웃음을 삼키며 속으로 중얼거렸다.

'부장님께서 졸리면 주무시고, 이리저리 돌아다니며 온갖 참견 다 하시고, 낮술 드시고, 심심하면 자리에 앉아 <섹스앤더시티> 미드 보시는 시간에 저는 블랙커피 쓰리샷으로 몽롱한 머리를 깨우며 메마른 눈을 식염수로 적시며 눈 빠지게 자료 보고 테

이프 보고 몸 갈아서 그만큼 법니다.'

　프리랜서 작가로 잠을 줄여가며 프로그램을 서너 개씩 할 때 늘 '돈 밝히는 작가'라는 소리를 들었다. 누가 일을 함께하자고 하면 나는 꼭 얼마 줄 거냐고 먼저 물었다. 프리랜서의 능력치는 돈으로 평가받는다고 믿었기에 실력만큼 받고 싶었다. 그럴 때마다 사람들은 꼭 이렇게 말했다.

　"다른 작가들은 안 그러는데. 알아서 챙겨줄 건데. 넌 왜 꼭 그렇게 돈 얘기부터 하냐?"

　'왜왜왜왜!!!!! 돈 때문에 일하는데 제일 중요한 돈 얘기는 왜 하면 안 되는데?'

　그때마다 나는 속으로 '욱'했다. 그렇게 욱하면서도 매번 그런 얘기를 들으니 은연중에 이런 생각을 하게 됐던 것 같다. '돈을 밝히는 작가는 나쁜 거다. 노골적으로 돈 얘기를 하는 것도 나쁜 거다, 천박한 자본주의다, 나는 '자낳괴※다'라고 말이다. 그래서 세뇌가 무서운 거다. 뭐가 나쁜가? 다 돈 때문에 일하는 거지, 그렇게 말하는 본인들은 기름값 깎였다고 회사에 그리 욕을 하면서 말이야. 돈에 있어서만큼은 다들 만족이 없는 것 같다.

　20년 동안 겉으로는 돈 밝히는 작가 소리를 들으며 속으로는

※ 자본주의가 낳은 괴물

돈을 터부시하는 양가적 감정에 시달리다가 어느 순간 노동이란 것에서 잠시 휴식기를 갖기로 하고, 경제적 독립과 조기 은퇴를 추구하는 자발적 파이어족이 돼 살아갈 수 있는지를 탐색해보기로 했다.

그 순간부터 속으로 자낳괴라 탓하지 않으며 맘껏 돈을 알아가기로 했다. 돈이 돈을 벌게 하려면 돈이란 녀석부터 알아야 하지 않겠는가. 나이가 나이인지라 흔히들 말하는 자본주의가 낳은 세대는 아닌 것 같지만, 요즘 들불처럼 일고 있는 동학개미 운동에 동참해보기로 했다.

20년 넘게 밤낮없이 일했건만 돈벌이는 집값 뛰는 걸 따라잡지 못하고, 일생 뼈 빠지게 벌어봐야 돈은 늘 통장을 거쳐 카드사로, 은행으로 속절없이 빠져나가는 헛된 삶을 살아왔으니, 이젠 다르게 살아보고 싶었다. 논문 한 편을 쓰는 것과 유사한 강도로 공부를 해야 하는 다큐멘터리 만드는 작업을 수년간 해본 나다. 그 노하우로 기업을 파다 보면, 돈도 보이고 미래도 보이지 않겠느냐는 낙관적인 꿈도 꿨다.

적금을 깨고 통장에 있는 돈을 다 털어 개설만 해두고 쓰지 않았던 주식 계좌의 아이디와 비밀번호를 어렵게 찾아 다시 계좌를 활성화했다. 가장 손쉽고 빠르게 정보를 얻을 수 있다는 유튜브부터 보기 시작했다. 세상에 이렇게 많은 경제, 주식 유튜브가 있는 줄 처음 알았다. 살아온 세월의 반을 방송을 만들며 살아왔지만 이런 각양각색의 방식으로 다양한 개성을 가진 사람들이 나와 이른바 썰을 푸는 주식 방송들이 있는 줄은 꿈에도 몰랐다.

주식 전문가를 포함한 유튜버들은 나름대로 시청자를 끌어들이는 노하우를 습득한 듯했다. 어떤 전문가는 논리적으로 상황을 풀고, 모르는 정보를 농담을 곁들여 전해주는가 하면, 어떤 전문가는 무작정 윽박지르면서 '이 종목을 사지 않는 너는 벼락거지가 될 수밖에 없다. 내 말을 듣지 않는 너는 똥멍청이'라며 호통을 치고, 어떤 전문가는 몇 시 이후에 매수매도를 하는 너는 미친 사람이라고 소리를 질러댔다.

개중에는 흡사 신점을 보는 점쟁이의 신묘한 스킬을 구사하는 이들도 있었다. 그들은 족집게처럼 앞으로 상승할 종목을 집어내고, 매수가와 매도가, 손절가를 정해주고, 주식차트의 그래프를 보면서 세력의 움직임을 예측했다. 매집봉을 찾고 봉차트의 음봉, 양봉 윗꼬리와 아랫꼬리를 탐색하면서 어떤 세력 형님들이 어떤 마음으로 들어왔다 나갔는지를 예측했다. 실로 놀라웠다. 나는 서서히 중독의 길로 들어섰다.

아침에 눈을 뜨면 전날 밤 미국장에서 일어났던 일과 어제 주식 시장을 풀어주는 유튜브 주식 방송을 들었다. 점심에는 족집게처럼 집어내면 상한가로 직행한다는 전문가들의 방송을 비롯해 이런저런 종목들을 고민 상담하듯 상담해주는 방송을 듣고, 저녁에는 오늘 하루 주식 시장을 마감하고, 상승과 하락의 이유를 찾아내며 야밤에 열릴 미국 시장을 예측하는 방송을 들었다. 하루라도 그들이 호통치며 알려주는 족집게 종목을 받지 않으면, 아무것도 안 한 죄로 똥멍청이에 벼락거지가 될 것 같은 불안이 엄습했다.

초조하고 불안한 마음에 장이 열리면 그들이 찍어주는 주식들을 미친 듯이 사고팔았다. 정말 미쳤었다. 나중에 증권사에서 보내준 무려 20여 장에 달하는 거래 내역서를 보면서 이게 미친 사람이 아닌 다음에는 할 수 없는 일이었다고 가슴을 치며 반성했다.

중독에서 빠져나온 지금 당시를 회상해보면, 뻔하다면 뻔하고 신기하다면 신기한 많은 일들이 있었다. 중독의 길에 이르게 했던 이들 중 하나였던 모 유튜버가 콕 집어준 주식은 장이 열리자마자 달리는 경우가 많았다. 심지어 아예 점프해서 갭을 띄우며 시작하는 경우도 종종 있었다.

유튜브로 들었던 종목을 나는 안 샀거나 못 샀는데, 그 주식이 빨간 옷을 입고 한 5~7프로쯤 뛰다가 날라서 12~15프로쯤 뛰는 모습을 보면, 그 주식을 당장 안 사면 큰 손해를 보게 될 것 같은 조급한 마음이 들면서 이번에는 필시 하늘이 나를 도울 거라는 가당치 않은 믿음을 품고 손이 자연스럽게 고점에서 매수를 누른다.

그렇게 하고 나면 또 한 번 놀라운 일이 벌어진다. 주식 똥손이라던 한 연예인의 말처럼 누군가 CCTV로 나의 모습을 보고 있다 내가 산 것을 확인한 후 내리기 시작하는 것처럼 내가 산 그 주식은 뻘건 꼬리를 만들며 퍼렇게 내려앉기 시작하는 것이다. 결과적으로 유튜버가 집어준 그 주식이 오른다고 해도, 내 계좌에는 전혀 도움이 되지 않았다. 오히려 속만 터졌다. 남들은 다 수익을 얻는데 왜 나는 매번 고점에 물리나 절망적인 심정까지 들었다.

유튜버의 말을 듣고도 안 산 종목은 뻘겋게 날아오르고, 사는 주식은 단 한 종목도 바로 오르는 법이 없었다. 사고 나면 귀신에 홀린 듯 떨어지기 시작해서 몇 주(길 때는 몇 달씩)를 횡보하다가 사람 피를 말리고 말려 더 마를 피가 없을 때에서야 스멀스멀 0.5퍼센트씩 많으면 1퍼센트씩 오르기 시작하는 것이다. 참 환장할 노릇이다. 재능이 없는 것인가, 아니면 저 주식 전문가가 문제인 것인가.

유튜브의 수많은 주식 고수들이 족집게인 양 집어준 종목들을 사서 진열한 슈퍼마켓 같은 계좌의 시퍼런 잔고를 들여다보면서 분노가 극에 달하다 못해 눈물이 났다. 미친 듯이 한강변을 걸어다니다가 이 중독의 패턴을 끊어야겠다는 생각이 들었다. 3일쯤 계좌를 보지 않았다.

서서히 이성이 돌아오기 시작했다. 전에 누군가에게 받아서 묵혔던 것이 눈에 들어왔다. KBS 특선 다큐멘터리를 책으로 엮은 것인데, 주식의 신 워런 버핏을 비롯해 짐 로저스, 제임스 채노스, 닐 퍼거슨, 로버트 펜노이어 등 이른바 월스트리트맨이라 부를 수 있는 이들과의 인터뷰가 실려 있었다.

워런 버핏의 '투자 3계명'을 보고 아차 싶었다. 첫째 욕심을 부리지 말 것, 둘째 맹목적으로 따라 하지 말 것, 그리고 마지막으로 투기하지 말 것! 그리고 가장 좋은 투자는 스스로에게 투자하는 것이다! 아, 뭐 하나 지킨 게 없구나.

20년 넘게 사회생활을 하면서 쉽게 간 길에서 뭘 얻은 적이 있었던가? 프로그램 한 편을 제작할 때도 단 한 번도 쉽게 완성된 적이 없었다. 아이템에서 문제가 생기지 않으면 섭외에서, 그것도 아니면 편집 과정에서 문제가 생겼다. 이도 저도 다 아니라면 원고 더빙 과정에서라도 어디든 한 번쯤은 사람 돌게 만드는 일이 있지 않았던가.

그런 다음에야 겨우 결과물이라는 열매를 따먹을 수가 있었는데 난 지금 남의 돈을 털어 내 주머니에 넣는 주식판이란 치열한 싸움터에서 남의 말에 의존해 쉽게 가는 길을 골라 걸으려 했구나. (남이 내 주머니에 공짜로 돈 채워주는 기적은 없다는 걸 익히 알면서도.) 터질 듯한 욕심을 끌어안고 족집게 유튜브 주식 전문가들의 말을 맹목적으로 따르며 투기하듯 주식을 사고팔았구나! 깨닫고 나니 한바탕 현란하고 난잡한 꿈을 꾼 것 같았다.

모든 일은 한 걸음부터라고 했다. 남의 말이란 바람을 타고 형님들 등에 업혀 쉽게 날려고 했으니 시퍼런 날편치를 얻어맞는 거다. 다시 시작하자! 자산 배분부터! 어느 신묘한 전문가라도 그가 집어준 주식을 바로 사서 수익이란 열매를 얻을 순 없다. 요행히 한두 번은 그럴 수 있다고 해도 남의 말을 듣고 잘못된 타이밍에 사고판다면 수익과는 영영 이별인 것이다.

세상에 쉽게 가는 길은 없다.

'자낳세*'의 세상에서
공으로 살고 싶었으나

"먹고살 걱정은 안 해도 되긴 하겠는데… 넌 니 재주로 벌어먹고 살아야지 다른 건 안 돼!"

"뭐 재테크로 큰 부자 이런 거 안 될까요? 주식이나 부동산 같은 거요."

"주식 투자? 부동산? 음, 그런 거 꼭 해야겠어? 하고 싶으면 하는데, 니 팔자에 공으로 돈 생기는 일은 없다고 봐야 해."

헐… 요즘 같은 시대에 이 무슨 악담이람. 점집을 나오면서 순

---

* 자본주의가 낳은 세대

98

간 욱했다. 부동산으로, 주식으로, 코인으로 큰돈 벌었다는 사람들이 매일같이 신문에 오르내리는 시대가 아닌가. 쉼 없이 노동해 몸 바쳐 정직하게 돈 벌기보다 투자 잘해 큰돈 쥐고 싶은 게 자본주의 사회를 살아가는 이로서의 자연스러운 욕망 아닌가 말이다.

주식 투자를 시작하고 어제 그제 혹은 지난주에 판 종목이 시뻘겋게 장대 양봉을 그리며 급등할 때마다 그 점쟁이의 말이 떠오르며 자연스레 욕이 나왔다. '괜히 그런 말은 들어서' 하는 생각에 침을 세 번 뱉고, 잊으려 해도 그녀의 말이 쉽게 잊히지 않는다. 오늘도 그녀의 말이 귓전을 울린다.

어제 판 종목이 또 급등하고 있다. 진짜 미치고 환장할 노릇이다. 이런 일이 거듭되다 보면, 누가 날 지켜보다가 내가 팔고 나면 천지 사방에 소문을 내 세력이라는 큰 형님들이 단체로 합세해 주가를 올리는 게 아닌가 하는 의심부터 든다. 그러다 나라는 인간은 왜 매번 이렇게 멍청한 선택을 하는 건가, 나 자신의 무지를 탓했다가, 종국에는 다시 그 점쟁이의 말을 떠올리며 운명을 탓하고 정해진 절차처럼 견딜 수 없는 우울의 늪에 빠지게 되는 것이다. 한번은 내가 사랑해 마지않는 훌륭한 드라마 작가들이 다수 계약돼 있다는 드라마 제작 관련 회사의 주식을 샀다.

"이렇게 훌륭한 작가들이 대거 포진한 회사인데… 안 될 수가 없지, 이 회사의 주식만큼은 기업과 함께 큰다는 생각으로 영

원히 갖고 가자."

좀스럽게 따지지 않고 마음 가는 대로, 그래서 더 자연스럽게 100원, 200원에 연연하지 않으며 통 크게 현재가에 매수 버튼을 눌렀다. 장기투자라는 큰 다짐을 하고서 말이다. 잔고에 그 회사의 이름을 확인하고 한 10분쯤 흐뭇했던 것 같다. 잠시 잊고 다른 일을 하다가 주가창을 봤는데, 갑자기 퍼런 장대 음봉이 뙇 나타나 있었다. 처음엔 눈을 의심했다. 뭐가 잘못됐나 싶어 주식 HTS도 나갔다가 다시 들어와 보고 검색창에 주가 검색도 해봤다. 내 눈이 본 것은 빼도 박도 못할 사실이었다.

주가가 급락하고 있었다! -5,6까지는 그럴 수 있다 했다. 이러다 말겠지 하며 그나마 맘을 다잡았는데, -8,9,10에 이어 그 다음 날도 그 다음 날도 계속 주가가 흘러내리니 멘탈이 다 나가고 머리에서 쥐가 나기 시작했다. 그 기업과 함께 끝까지 가겠다는 장기투자의 굳은 결심은 온데간데없이 사라지고 훌륭한 회사라 생각했던 그 회사의 모든 것에 눈덩이처럼 의심이 커지기 시작했다. 정확히는 오로지 의심과 불신만이 마음속에 가득 찼다.

"이 기업이 필시 무슨 사달이 났구나! 조금이라도 반등을 주면 당장 팔아버려야지!" 하는 생각밖에 안 들었다. 하지만 기다리는 것은 절대 오지 않는다는 말 역시 진리다. 이제나저제나 손에 땀을 쥐며 반등 타이밍을 기다리면 반등은 쉽게 오지 않는다. 멘탈이 붕괴되고 초조와 불안이 가득 찬 마음을 잡을 수 있는 건 아무것도 없다. 그리고 결국 한없이 내려가는 주가를 보며 이걸 팔지 않으면 필시 이 회사의 안 좋은 끝을 보고 말리라는 절망스러운 마음에 사로잡혀 가장 낮은 가격에 매도 버튼을 누르게 되고 마는 것이다.

"매도가 체결되었습니다."

"휴~."

그리고 하루 정도 편안했다. 이후 보름쯤 전과는 반대의 이유로 다시 고통의 시간이 계속됐다. 그 회사의 주가가 고공행진을 하며 오르기 시작한 것이다. 다 팔아버린 주식의 가격을 매일 확인하며 하락 때보다 더 큰 절망을 느꼈다. 별다른 악재 없이 빠르게 떨어진 주가는 오를 때 더 무섭게 오른다. 얻을 수 있는 수익을 놓치는 건 그냥 잃는 것의 한 서너 배쯤의 고통인 것 같다. 가질 수 있었는데, 바로 눈앞에 돈이 있었는데 이삼일을 못 참아서 이런 기나긴 환희의 순간을 놓치다니. 운명을 탓하며 술독에 빠졌다.

아는 건 없고 욕망만 거대했던 주린이 시절, 그때 나는 몰랐다. 이렇게 머리에 쥐가 나고 손발이 덜덜 떨리며 멘탈이 붕괴되는 순간 현명한 투자자는 어떤 행동을 하는지. 그리고 퍼렇게 떨어지는 주가를 보며 오로지 운명만 탓하던 이의 말로가 어떤지를 말이다.

처음 공부하고 믿었던 대로 그냥 지켜봤다면 어땠을까. 차라리 아예 호가창을 보지 않았다면 어땠을까. 전문가들의 말처럼 반만 팔고 지켜봤으면 어땠을까. 퍼렇게 쳐 내리는 주가만 볼 게 아니라 그 기업에 대해 더 공부하며 악재가 있나 없나를 살피고 좀 더 신중하게 팔 것인지 말 것인지 얼마나 팔 것인지를 이성적으로 판단했으면 어땠을까. 이런저런 생각들을 하며 수없이 후회를 했다.

돈을 버는 데도 다 제 나름의 패턴이 있다. 주식을 하는 사람이 100명이면 100가지의 방법이 있다는 말이 있다. 내 패턴은 뭘까 생각해봤다. 성질 급하고, 못 참고, 못 믿고, 뭐든 예상대로 움직이지 않으면 의심과 불안이 커지면서 처음부터 다 뒤엎어버리고 싶어 한다!!

일할 때도, 연애할 때도 그랬던 것 같다. 일할 때는 그래서 좋은 점도 있었다. 지금 하는 게 잘 안 될 경우를 대비해 늘 백업을 준비하는 것이다. A안을 추진했다가 거기서 살짝 잡음이라도 생기면 미친 듯이 B안, C안을 준비해놔야 직성이 풀렸다. 불안, 초조, 의심! 그 때문에 다른 사람보다 몇 배의 일을 해야 했지만, 그 덕에 뭐든 준비된 사람으로 비치기도 했고, 다양한 것을 시도하고 준비한 덕에 남들보다 빨리 숙련된 기술을 연마할 수 있었다.

하지만 이런 성급함, 못 믿고 못 참고 못 기다리는 피곤한 성격은 재테크에는 그야말로 쥐약이다. 다양한 실패를 하니 빨리 배울 수 있는 장점이 있을지는 모르겠지만 지금까지 경험한 바로는 좋은 점보다는 나쁜 점이 더 많았던 것 같다.

지금 생각해보면 펀드 매니저도 애널리스트도 경제 전문가도 아닌 문과 전공자에 경제지조차 잘 보지 않는 무지한 개미에 불과한 내가 매수한 기업의 주가가 예측과 비슷하게 움직이기를 바라는 건 기적에 가깝다. 그런데 매번 매수해놓고 예측과 달리 움직이는 주가의 패턴을 보며 그 불안감을 이기지 못하고, 손이 근질거려 손절하고 다른 종목들로 갈아탔다. 말 그대로 계좌가 하염없이 녹아내리는 참상을 그대로 방치했던 거다. 그렇게 계속 손해 보고 팔아 제끼다가는 계좌가 녹고 깡통 차는 건 시간문제다.

예측하지 못한 상황에서 오는 불안, 초조를 어쩔 수 없다면, 그래서 손가락을 가만둘 수 없다면, 그 손가락을 그 기업을 믿고 기다릴 수 있는 근거를 찾는 데 사용할 수는 없을까? 잘못될 거라는, 계속 나빠질 거라는 아무런 근거도 없는데 급락하는 이유도 모른 채 냅다 매도 버튼을 눌러 손절해대는 게 상식적인 인간의 행보인가? 주가창을 안 보고 멀쩡한 정신으로 이성이란 걸 가동해보면 명백히 귀결되는 결론인데, 왜 호가창만 보면 미쳐 돌아가는지. 이건 필시 도박중독과 같은 증상일 것이다.

난 지금 도박을 하고 싶은가? 돈을 벌고 싶은가? 더 이성적이 될 필요가 있다. 공으로 되는 일 없다는 점쟁이의 말은 이렇게 성급하고 불신 가득한 내 성격을 사주에서 읽고 한 말은 아니었을까. 그렇다면 참 대단한 사주쟁이이긴 한데 또 혼자 소설을 써본다.

몇 번의 실패를 경험해보니 일도 연애도 주식도 가장 기본적인 덕목은 바로 인내다. 오래 버티는 자가 결국 승리한다. 손절이 꼭 나쁜 건 아니지만 너무 잦은 손절은, 그것도 이유도 모르고 그냥 마구 떨어진다는 이유로 하는 '묻지 마 손절'은 계좌를 녹이는 지름길이다. 도박하는 자라면 뿜뿜 호르몬들이 마구 요동치니 그 재미로 할 수 있는 선택일지도 모르겠으나 돈을 벌려고 한다면 절대 해서는 안 될 일이다.

누군가는 '주식 투자를 하려면 셋 중 하나는 되어야 한다'고 말했다. 금리를 비롯한 경제 지표를 잘 봐서 세계 정세에 대한 이해를 키우든가, 정보가 빨라서 개미들 돈을 다 먹을 수 있는 정보력을 키우든가, 그것도 아니라면 우량주를 사둔 다음 하루하루 등락 신경 안 쓰고 자기 일 열심히 하면서 믿고 지켜보든가. 셋 중 하나도 안 되는 사람은 주식 투자 같은 건 애초에 하지 말라고 했다.

이 셋 중 내가 할 수 있는 유일한 일은 믿고 지켜보는 것뿐인데 그것마저 지키질 못했으니 참패를 당할 수밖에 더 있겠는가.

기껏 애써 공부해 장기투자하자며 그 기업의 주식을 사놓고, 거대한 숲의 잠재력과 가능성을 믿기보다 나무껍질 하나하나의 색깔 변화에 집착해 계좌를 갉아먹는 이런 패턴이라니!

한번 믿고 투자하기로 했다면, 그 기업이 단기 악재로 퍼렇게 하방을 그으며 횡보할 때 매도 버튼을 누르기보다 '아직은 날아가기 위해 더 바닥을 다져야 하는 시간인가 보다' 하고 마음을 다스려야 한다. 운명을 탓하며 투자를 놓기에는 남은 생이 너무 길지 않은가.

은발의
주식 고수를 보며

3개월 넘게 빠져 있던 주식 유튜브 중독에서 어렵게 벗어나 갱생의 길을 걸으며, 돌아온 이성과 함께 제대로 된 콘텐츠를 탐색해보기로 했다. 벗어났다고는 하나 이걸 사면 수익을 낸다며 시도 때도 없이 날아오는 문자들과 회원 가입을 하지 않으면 당연히 네가 벌 돈을 놓치는 거라 호통을 치는 이른바 전문가라는 분들의 목소리는 오래도록 뇌리를 맴돌았다. 중독이 이래서 무섭다.

세상에 나쁘기만 한 건 없다. 유튜브야말로 좋고 나쁜 정보가 혼재되어 있기 때문에 양질의 콘텐츠를 선별할 수 있는 능력이 필수인 세계다. 미친 듯이 오르락내리락하며 가슴을 두근거리게 하는 HTS*차트도 닫고, 유튜브 알고리즘이 알아서 추천해주는 채널에서도 벗어나 새로운 정보들을 탐색해보기로 했다. 다큐멘터리 작가 20년 경력을 살려, 전문 영역이라 할 수 있는 자료 검색에 열을 올리다가 몇몇 양질의 채널과 주식 카페들을 발견했다. 그중 '사기당하지 마라'고 입버릇처럼 이야기하는 유튜브 진행자가 운영하는 카페가 눈에 띄었다. 주식 리딩방 사기가 극성을 부리던 때였는데, '사기당하지 마라'고 하니 사기는 안 치겠지라는 생각이 들어 카톡방에도 들어갔다. 이곳은 물론 무료였다.

그리고 그곳에서 생각지도 않은 세계와 마주했다. 주식 시장에서 MZ세대 '동학개미'의 위상이 대단하다는 이야기는 많이 들었지만, 환갑 넘은 어르신들이 이렇게 열심히 왕성하게 주식 개인 투자자로 활동하시는 줄은 몰랐다. 자식들 시집, 장가보내고 우울증에 빠졌다는 장년의 주부, 은퇴한 직장인, 은행원 출신의 할머니, 공무원으로 퇴직하고 아내 눈치 보다 주식을 시작했다는 할아버지 등 다양한 사람들이 활발하게 활동하고 있었다.

"몇 학년 몇 반이세요?"

"6학년 5반이에요."

---

* 온라인을 통해 주식매매를 하는 시스템 (Home Trading System)

"어머 저도 6학년 5반인데~ 저는 7학년 3반이요."

"어떻게 그렇게 수익을 내세요? 저는 할머니라."

"저도 할머니예요. 6학년 5반 ㅎㅎ 처음엔 HTS 켤 줄도 몰랐는데 공부하다 보니 이렇게 됐어요."

하핫~! 처음엔 어르신들이 참 열심히 하시는구나 했는데, 그분들이 수익을 내고 하루하루 얼마 벌었다며 올리는 결과물을 보고는 깜짝 놀랐다. 하루 백만 원에서 많게는 오백만 원까지 다양했다. 처음엔 사기인가 싶었다. 나는 본래 의심이 많은 성격이 아니던가.

혹시 할머니 할아버지인 척하며 사기를 치는 집단이 아닐까? 이렇게 사람을 홀려서 유료 카페에 가입시키려는 게 아닐까? 어르신들이 그 연세에 공부해서 돈을 이렇게 많이 번다고? 같은 의심을 가슴 가득 품고 그들이 남긴 카페의 글과 카톡방의 예전 글들을 추적했다. 그리고 진의 파악을 위해 그들이 올리는 종목들과 차트도 비교 대조해봤다. (아, 이럴 시간에 종목 공부를 해야 하는 것인데 참 쓸데없는 데 열을 올리는 몹쓸 성격이다.) 며칠을 그들의 글을 찾아 읽다가 의심보다는 믿음 쪽에 손을 들어주기로 했다. 사기를 친다고 하기엔 나 같은 무지몽매한 주린이에게 딱히 얻을 것도 없어 보이고, 무엇보다 그들의 말이 꾸밈없이 진솔하고 증거가 명확했다.

"오늘 수익 ○○○요. 며칠 지켜보다가 눌림목 주길래 들어갔는데 수익이 났네요. 자식들 시집, 장가보내고 뭘 하며 살아야 하나 했는데, 주식을 하고부터 활력이 생겨요. 감사합니다."

"쌍바닥※부터 봉차트※※까지 공부 열심히 하고 있습니다. 할아버지도 할 수 있다는 걸 손주들에게 보여주고 싶어요."

"주식 해서 돈 벌어 손주들 용돈 주는 재미가 쏠쏠합니다."

카페에 올린 글과 사진들을 보면, 얼마나 열심히 파고 공부하고 나름대로 정리하고 원칙을 만들었는지 알 것 같았다. 데스크톱 컴퓨터 주변에 가득 붙여놓은 주식 매매 원칙 메모들부터 종목 정보까지. 여든 가까운 노인이 된 내 아버지의 글씨체를 닮은 어른 글씨체가 뭔가 뭉클했다.

카톡에서 대화하는 그들의 글들을 읽다 보면 이상한 기분이 들었다. 아파트 정자에서, 노인정에서 안마기를 두들기고, 화투를 치며 소일거리를 하고 담소를 나누는 그 할머니 할아버지들과 이들의 대화가 영 매칭이 안 되는 것이다. 당연히 다 같은 사람일 수 없고 개개의 상황이 다르니 당연하다 싶으면서도 '할머니 할아버지들은 이럴 것이다'라며 만들어놓은 나의 이상한 편견 때문에

※ 말 그대로 2개의 바닥을 의미한다. 영문자 W와 같은 모습으로 차트가 그려지는 것. 하락 추세였다가 저점 부근에서 쌍바닥이 다져지고 상승 추세로 전환되면 대세 상승으로 이어지기 쉽다는 말이 있다.

※※ 주식 차트 중 하나로서 일정 기간 동안의 주가 움직임이 표현된 막대 모양의 봉들로 이루어진 차트

카톡방 안의 그들의 대화가 이질적으로 느껴졌다.

내 인생 선배들은 나보다 훌륭했다. 은발의 주식 고수들은 나처럼 거액을 툭 던져 놓고 무책임하게 아무것도 모르고 매수 매도를 반복하지 않았다. 차근차근 공부해 가면서 투자금을 늘리고, '한방에'보다는 '적당히'에 만족했다.

학교 선생님이었다는 한 할머니가 특히 기억에 남는다. 그녀는 2백만 원 정도를 투자금으로 서너 개의 종목에서 1만 원, 2만 원 많을 때는 7만 원 정도의 수익을 매일 인증했는데 오늘도 반찬값을 벌었다며 기뻐하고, 장이 안 좋을 때는 잠시 쉬겠다고 말하는 쿨함이 좋았다. 나도 그렇게 돈에 연연하지 않을 수 있다면 좋을텐데 싶기도 했다. 수익은 5~10만 원으로 크지 않아도 공부해서 자신이 고른 종목이 상승 기류를 타고 올라 수익으로 맺어지는 결과를 보는 성취감에 대한 만족감이 커 보였다.

결과만 중요시하는 성취 강박인 나와는 달리 과정에 행복해할 줄 아는 할머니의 글들을 보며 나도 과정을 즐기는 투자자가 되자고 생각했다. 그리고 그 은발의 투자자들을 보며 내 아버지를 떠올렸다. 귀촌을 하고 두 해를 보내면서 아버지는 많이 힘들어하셨다. 원해서 내려간 시골이었지만 도시에서만 살다가 고향도 아닌 곳에 정착한 타지 사람으로, 농사를 전문적으로 지을 나이도 아니다 보니 농사 전문가인 동네 사람들의 이야기에도 끼기 어렵

다고 하셨다. 그리고 여기서 뭘 해야 할지 잘 모르겠다고 고민하
셨다.

그 시절 아버지는 모든 일에 심드렁하고 무기력해 보였다. 그
런 아버지를 보며 집 앞 정류장의 한 할아버지를 떠올렸다. 말끔
한 등산복 차림에 지팡이를 짚고 자주 버스 정류장에 나와 햇살
을 받으며 앉아 계시던 할아버지는 누구를 기다리는 것도, 오는
버스를 탈 마음도 없어 보였다. 몇 시간을 그렇게 시간을 보내는
것 같았다. 볕은 좋으나 볼거리라곤 정신없이 오가는 차들과 제
갈 길 바빠 여유라곤 없는 사람들의 성난 얼굴밖에 없으니 답답
하겠다는 생각을 했다. 그리고 노년이란 게 어쩌면 이렇게 무기력
하게 시간을 보내는 게 아닐까 하는 생각도 했다.

그런데 주식 카페의 어르신들은 좀 달랐다. 돈이 주는 힘이 이
런 건가 하다가 제2의 인생을 사는 것 같다며 좋아하는 그들의 글
을 보며 그게 부동산이건 주식이건 뭔가를 다시 공부하고 그렇게
공부한 댓가로 돈을 벌고, 자신이 번 돈으로 자식 손주에게 뭔가
를 해줄 수 있다는 건 생각보다 큰 의미라는 걸 알았다. 그들은 어
쩌면 다시 이 사회의 일원이 되었다는 뿌듯함을 느끼는지도 모른
다. 그것이 내 편견 속 다소 무기력해 보이는 어르신들과 차별화
된 '다름'을 만드는 게 아닐까 하는 생각이 들었다.

아버지에게도 이 이야기를 해드렸다. 요즘 어르신들도 주식

투자 많이 하던데, 아빠도 그 카페 들어가서 보고 좀 해보면 어떻겠냐고 말씀드렸다. 2000년대에 주식으로 억대의 돈을 잃고 된통 쓴맛을 본 아버지는 그동안 어머니의 매서운 눈초리 아래 주식의 '주' 자도 꺼내기 어려운 상황이었다. 그러나 다행히 귀촌하고 무기력해진 아버지를 불쌍히 여긴 어머니의 묵인 아래 아빠는 얼마 전 다시 주식 계좌를 열었다. 물론 아주 소액의 투자만 허락되었지만 말이다.

중년에 쓴맛을 본 때문인지, 아버지는 지금 누구보다 열심히 투자에 대해 공부를 하신다. 일목균형표* RSI** CCI***같은 다양한 보조 지표 활용법은 물론이고 재무제표 보는 법까지 새로 공부하고 나름의 검색식도 만드신다. 전화를 할 때마다 반쯤 불만을 섞어 말씀하시는 엄마의 전언에 따르면, 수험생도 이런 수험생이 없다고 한다. 구석방에 앉아 매일 공부하고 전문가들 강의 듣고, 밥 먹으라고 해야 겨우 나오신단다. 불평 섞인 말은 했지만, 통화 말미에 얼마 전 아버지가 주식으로 100만 원을 벌어서 줬다며 엄마는 소녀처럼 기뻐하셨다.

몇 달의 수익을 모아 엄마에게 100만 원을 빼주었을 아버지

※ 일본에서 개발된 지표로 주가의 움직임을 5개의 의미 있는 선을 이용해 주가를 예측하는 기법
※※ 주가의 기술적 분석에 사용되는 보조 지표
※※※ 평균 주가를 분석해 현재 시점에서 매매하기에 적합한지 판단을 도와주는 기술 지표

의 뿌듯한 얼굴이 상상됐다. 후에 시골에 내려간 우리에게 아버지는 점점 기술이 늘고 있으니 다음엔 더 많이 벌 수 있을 거라고 호기롭게 말씀하셨다. 오랜만에 잔뜩 굽은 등 대신 쭉 펴진 아버지의 어깨를 본 것 같았다. 굽은 등도 단숨에 확 펴지게 만드는 마법. 아끼는 사람에게 자신이 수확한 뭔가를 준다는 건 이런 게 아닐까.

'개인 투자자는 봉이다, 주식은 투기다, 위험하다'와 같은 말이 떠돈다. 이처럼 주식에 관해 떠도는 수많은 괴담에 가까운 무서운 이야기들 대다수는 맞는 이야기다. 아무리 공부를 열심히 한다고 해도 정보가 늦고, 자금이 부족하고, 시장의 흐름을 읽는 데 둔한 개인 투자자는 일정 부분 리스크를 안고 갈 수밖에 없는 게 투자 시장인 것 같다. 하지만 여윳돈으로 충분히 분석하고, 기다리고, 인내하고 노력해 성과를 얻는 과정을 즐긴다면 그래서 그 카페의 어르신들처럼 제2의 인생이라 할 만큼 살아가는 활력을 얻을 수 있다면, 주식에 열을 올리는 어르신들의 모습도 충분히 아름답지 않은가. 리스크 없는 삶이 어디 있겠는가? 그런 리스크가 삶의 활력이 될 수 있다면 충분히 감수할 가치가 있지 않을까?

아버지가 주식을 하면서 우리 가족 대화방에도 활기가 넘친다. '어머니, 아버지 잘 지내세요?'라는 형식적인 물음 대신 주식이야기로 대화의 물꼬를 튼다.

"○○○○ 이 종목 봤어요? 아빠는 어떻게 봐요? 이거 많이 올랐네."

"언제 팔지? 자, 다들 좀 봐봐. 매물 터지나."

"아빠… 이번에 ○○○ 종목으로 수익 많이 났어요?"

조금의 비용을 지불한다 하더라도 무기력한 아버지 대신 '공부해라, 차트 잘 봐라, 이 종목 유심히 봐라, 지금 사는 게 좋겠다 혹은 파는 게 좋겠다'라며 다시 자식들의 리더로 돌아온 아버지의 모습이 참 좋다.

주식,
그거 무서운 거야

그 무렵 그는 늘 술에 취해 있었다. 술에 취해 길거리를 배회하다 도로가에 쓰러져 있는 것을, 그를 찾으러 나온 그의 아내와 중학생 어린 아들이 뒤늦게 발견하고 집으로 데려온 일도, 경찰서 의자에 널브러진 그를 데려온 것도 한두 번이 아니었다. 그는 죽으려고 한강에도 갔다고 했다. 술이 떡이 돼서 몽롱한 눈으로 한강을 바라보며 어린애처럼 울다가 아직 어린 자식들과 평생 집안일만 하며 살아온 아내 때문에 휘청휘청 곧 쓰러질 것 같은 몸을 무겁게 이끌고 집으로 발길을 돌렸다고 했다. 오랜만에 소주를 한잔 마시고 이제는 듬성듬성 백발이 다 된

115

그가 말했다.

"20년도 넘은 이야기야. 누가 그 주식 좀 사보라는 거야, 좋다고. 좀 지나니까 그게 상한가를 딱 간 거야, 너무 좋았어. 이거다 싶었지. 그래서 가진 돈 전부에, 신용 대출에, 큰딸이 러시아에서 직장생활 해서 보내준 돈까지 몽땅 넣었어. 또 상한가를 간 거야, 이제 조금만 더 오르면 집 한 채 살 수 있겠다 싶더라고. 그때는 정말 기분이 하늘을 나는 것 같았어. 그런데 뭐 주식이 쉽나? 그 때부터 말도 안 되게 떨어지기 시작하는 거야, 어떻게 손을 댈 수도 없어. 하한가를 네 번인가 맞았어. 그러다 상장 폐지까지 가더라고. 가진 돈 다 날린 거지. 그러고 나니까 죽고 싶은 마음 밖에 안 드는 거야."

맞다. 그는 내 아버지다. 네 아이의 아버지이자, 책임감 상한 가장이었던 그는 그렇게 인생의 지옥을 맛봤다고 했다. 처음 들은 아빠의 옛이야기다. 대학 때 아르바이트하느라 늘 바빴던 나도 그 무렵 그가 술에 취해 집 앞 골목에 쓰러져 있는 모습을 몇 번 본 기억이 있다. 쓰러진 그의 주변에는 검은 비닐봉지와 노란 귤들이 사방으로 흩어져 있었다. 그렇게 죽고 싶은 와중에, 술에 취해 몸도 못 가눌 지경이 되어서도 아빠는 무슨 마음으로 귤을 샀을까? 나는 지금도 가끔 그 생각을 한다.

25년을 공무원으로 근속했고, 단 한 번도 자신의 책임을 회피

한 적 없던 그는 그 지옥을 경험한 후 쌀집을 했고 치킨집을 했고 당구장을 했고 만화방을 했고 살기 위해 안 해본 일이 없을 정도로 많은 일을 했다. 머리가 빠지고 백발이 되고 삐쩍 말라 이제는 술 한잔에도 힘겨워하는 나의 아버지는 내가 처음 주식으로 2천만 원의 수익을 낸 후 집안 식구들을 다 불러 부모님의 시골집 마당에서 소고기 파티를 했을 때, 이런 말씀을 하셨다.

"주식 그거 무서운 거야. 공부 많이 하고 해야 해."

한 번도 내가 하겠다는 일을 하지 말라고 한 적 없는 아버지는 주식에 대해서만큼은 늘 보수적으로 깐깐하게 경고한다.

"소액으로만, 할 수 있는 만큼만. 현금 비중은 2~30퍼센트씩 꼭 만들어두고 해. 니가 2천만 원 번 건 엄청난 일이야. 그런 일이 매번 일어나는 게 아니야. 주식 투자해서 그렇게 큰돈, 일확천금 그런 거 기대하면 안 돼."

맞다. 2천만 원, 적다면 적은 돈이고 크다면 큰돈이다. 누군가는 주식으로 2천만 원을 벌었다고 하면 '와, 대단하다'고 할지 모르겠지만, 4년에 걸쳐 그렇게 벌었다고 하면 그 '와'는 '아(소극적공정)' 정도로 바뀔지도 모르겠다.

내게 달콤한 수익을 안겨준 그 주식을 나도 누군가 좋다고 해서 남 말만 듣고 천만 원어치를 샀다. 당시엔 돈 개념이 없어서 있는 대로 주머니를 털어 올인했다. 5년 전쯤이다. 24만 원을 주고 산 그 주식이 13~14만 원까지 떨어졌을 때는 정말이지 나도 죽고 싶은 심정이었다. 그나마 다행이었던 것은 빚은 내지 않았다는 것! 그리고 내가 성질 더러운 인간에 속한다는 거였다. 성질 더러운 나는 그 주식이 끝모르고 떨어질 때마다 전의에 불타올랐다.

'그래 니가 떨어지면 어디까지 떨어지는지 한번 해보자! 그래 죽여봐라! 같이 죽자! 어디 해봐!! 해봐.'

악을 쓰고 별 나쁜 생각을 다 하면서 일해서 번 돈의 일부를 넣고 또 넣었다. 지금 생각해보면 미친 짓이었다. 어떤 기업인지 잘 알지도 못하면서 공부도 안 하고 그냥 무작정 악으로 깡으로 그런 짓을 하다니···. 그 기업이 좋은 기업이었으니 망정이지, 아니었으면 나도 지금 어딘가의 강변을 헤매고 있을지도 모르겠다. (신이시여, 감사합니다.) 어쨌든 5년 후 그렇게 집어넣은 돈들은 내게 수익을 안겨줬다. 투자의 '투' 자도 모르고 무식하게 위태로운 줄타기를 했지만 말이다. 다신 그런 투자는 안 할 거다. 정말 그런 투자는 하면 안 되는 거였다. 잘 알지도 못하면서 말이다.

여튼에 가까워진 아버지는 앞서 언급했듯이 어머니에게 어렵게 허락받아 지금도 소소하게 가진 돈으로 주식을 하면서 용돈벌이를 하고 계신다. 지옥을 경험한 후 주식 서적들을 몇 권쯤 통달하고 CCI, RSI, 일목균형표 같은 지표도 보고, 종목 선별 검색식도 만들고, 경제 방송들을 섭렵하면서 딱 천만 원 안쪽으로만 돈을 굴리신다. 사실 내 종목이 큰 수익을 낼 수 있었던 것도 아버지 덕이 크다. 주식은 해보니 언제 파느냐가 수익 금액을 좌우하는데, 무식한 나에게 "기다려라, 기다려라. 지금이다, 지금! 매물 쏟아진다, 팔아라!"라고 해주신 분이 바로 나의 아버지다.

지금도 나는 주식이 올라가기 시작하면 25~30퍼센트 수익을 잘 못 기다리고 내려갈 것 같은 불안과 초초에 시달리며 다리를 달달 떨다가 결국 팔아버리는 실수를 하곤 한다. 그러면 아빠는 말씀하신다.

"공부 좀 해라. 쫌!!!"

투자와 아찔한 도박
사이에서

"주식 뭐 사야 해? 이거 팔아야 해? 오늘 왜 이렇게 떨어지냐?"

"나 주식 리딩방 들었다."

하루에도 몇 번씩 안달복달하며 연락을 하던 친구가 주식리딩방 이야기를 끝으로 전화도 카톡도 뚝 끊겼다. 혹시 리딩방에서 사기라도 당한 건 아닌가 싶어 만나자고 연락을 했다. 술 한잔하며 요즘 주식 안 하냐고, 리딩방이 너무 족집게처럼 잘 집어줘서 근심 걱정이 없어졌냐고 물었더니, '다 아니'라고 고개를 젓던 친구가 잠시 망설이더니 뭔가 큰 비밀을 발설하기로 결심이라도 한 듯 상기된 얼굴로 휴대전화를 들이밀었다.

"이거 좀 볼래? 오늘만 60퍼센트 오른 거야. 하루에도 기본 45퍼센트에서 80퍼센트까지도 오르락내리락해. 어찌나 심장이 쫄깃한지."

"이게 뭐야?"

"몰라? 암호화폐~ 요즘 많이들 하잖아, 비트코인도 하고 이더리움도 하고 리플도 하고…."

순간 헉했다.

"이거 하느라고 그동안 연락 안 한 거야?"

"응. 하루에도 몇 번씩 이거 보게 되니까 주식은 상대적으로 지루하더라고."

"아니, 너 주식을 돈 벌려고 하는 거야? 아니면 재미로 하는 거야?"

"둘 다."

그렇게 말하며 해맑게 웃는 친구의 모습은 여러 생각을 하게 했다.

처음에 나도, 미친 듯이 오르락내리락하는 숫자에 현혹돼 쫄깃해진 심장을 부여잡고 상한가를 향해 불타오르는 종목들을 중간에 끊어 잡으며 이렇게 몇 날 며칠을 오르고 올라 한 달에 월천을 버는 주식 투자자가 되리라는 가당치 않은 행복 회로를 돌

투자와 이별한 돈맥 사이에서

렸었다. 하지만 시간이 지나면서 깨달은 것은 '유혹에 흔들려 인내하지 못하고 충동적으로 일을 저지르는 어리석은 자'에게 남는 건 긴 기다림과 고통이란 뼈아픈 가르침과 손절 아니면 원가에 매도라는 아픈 상처라는 것이었다.

주식을 '투기'라 하고 도박과 같은 것이라고 생각하는 사람들은 하루에도 수차례 매매를 하고 상한가의 요행을 바라며 주식을 하는 초보 시절 나 같은 실패를 자주 보았을 것이다. 경제적 소득을 얻기 위해서 투자를 시작해놓고, 막상 하다 보면 인내를 동반해야 하는 투자보다는 순간적으로 짜릿한 주식 매매라는 행위가 주는 어떤 게임보다 강렬한 스릴과 흥분에 빠지게 된다. 그리고 내가 투자한 종목이 요행히 상한가를 치기 바라고 투자한 금액도 적으면서 한방에 몇백을 벌겠다는 한탕주의에 더 몰입하게 된다.

초창기 나도 예외가 아니었다. 돈을 벌고 자산을 축적하고 싶어 주식을 시작했으나, 막상 주식 HTS 속 빨갛고 파랗게 오르락내리락 현란하게 변하는 숫자 놀음에 넋 놓고 흥분하기 시작하면서 돈을 돈으로 보지 못하고 가상 현실 속 게임머니나 부루마블 속 가짜 돈처럼 여기게 됐던 것 같다.

예를 들어 이런 식이다. 실제 실현 손익이 계좌에 찍힌 걸 보며 '아, 내가 거지가 됐구나'를 체감하기 전까지는 마냥 짜릿한 흥분감에 젖어 손익 계산은 뒷전으로 한 채 감정에 이끌려 매매

행위를 계속 해댄다. 이런 때는 지금 사는 이 종목에 돈을 얼마 넣어 몇 프로의 수익을 보고 뺄 건지, 손실은 몇 프로까지 감당할 수 있으며 언제 수익실현을 할 것인지, 장이 안 좋아 빠진다면 얼마까지 보고 손절할 건지, 지금 시장은 위 아래 어디를 향해 달려가는지 같은 중요한 문제는 아예 머리에 없다.

그냥 여기저기서 누군가가 알려준, 혹은 중독성 강한 유튜브 전문가가 꼭 오른다며 세뇌시키듯 반복적으로 알려준 종목을 무턱대고 산다. 또 감이 좋아서 혹은 그냥 한 번 사보고 싶어서 종목에 돈을 넣고 오르락내리락하는 것을 흥분된 감정으로 지켜보며 행복 회로를 돌리다, 가끔은 어처구니없게도 기도가 수익으로 응답받기를 바라며 주식 투자를 한다.

지금 생각해보면 돈을 벌고 싶다고 간절히 원하기는 했으나, 실제로는 돈에 대해 알지도 못하고 그다지 가치 있게 여기지도 않았던 것 같다. 주식 시장은 나 아니면 남이 돈을 잃는다. 살벌한 격전지다. 절대 녹록한 판이 아니다. 재미와 흥분에 빠져 이성을 내던지고 오르락내리락하는 숫자놀음에 빠져 도끼 자루 썩는 줄 모르다가는 수익은커녕 깡통 계좌를 차게 된다.

얼마 전 한 방송사에서 특집 방송으로 AI와 인간의 주식대결을 내건 방송을 했다. 단기간에 결과물을 보여줘야 하는 방송의 특성상 AI는 스캘핑 기법이라는 초단위 단타 매매를 하는 인간 주식 고수와 대결을 하게 됐다. 결과는 인간의 승이었다. 결과보다 내 눈길을 끌었던 부분이 있었다.

초반에 인간 주식 고수는 고전을 면치 못했다. 주식 시장도 워낙 좋지 않았고, 논리와 이성의 집합체인 AI에 비해 감정이란 게 반 이상을 차지하는 인간은 방송이란 부담감과 평소와 같지 않은 환경 등 여러 불안 요소에 영향을 받아 제대로 실력 발휘를 못했다. 계속 시퍼런 계좌가 이어지던 어느 날 인간인 그가 말했다.

"그만! 오늘은 그만해야겠어요!"

대결을 때려치우겠다는 건가? 세기의 대결을 흥미진진하게 지켜보던 나는 주식 시장이 열린 지 얼마 되지도 않아서 HTS를 닫고 밖으로 나가버리는 그를 보며 다소 절망적인 심정이 되었다. '역시 인간은 주식이라는 것과 맞지 않는 존재였어'라고 생각할 즈음 그가 다시 주식을 시작했다.

밖에 나가 산책을 하고 멍하게 시간을 보내며 이성을 찾아 컴백한 주식 고수는 뭔가 깨달음을 얻은 듯 수익을 내기 시작했다. 2주 정도 지나자 AI를 앞서기 시작했다. 이런 모습을 스튜디오에서 지켜보던 한 전문가의 말이 잊히지 않는다.

"저분은 지금 자신 스스로 AI화한 것이에요. 감정을 배제하고 타야 할 때와 내려야 할 때를 기계적으로 정확히 판단하는 거죠."

감정 배제. 그거다! 주식을 하면서 가장 위험한 순간은 감정에 따라 뇌동매매*로 주식을 사고팔 때다. 우량주식이라도 높이 뛰기 위해서는 도움닫기가 필요하다. 한순간 혹 꺼졌다가 훌쩍 뛰어오르는 것이다. 누군가는 개미를 털어내는 과정이라고도 하는데 뭐가 됐든 별 악재도 없이 혹 꺼지는 순간이 있다. 그 순간 감정에 이끌려 뇌동매매로 그 종목을 매도해버리면 수익은 영영 안녕이 돼버린다.

뭘 하든 너무 감정적인 것은 늘 안 좋은 결과를 낳지만, 주식에 있어서는 특히 더하다. 재미와 흥분, 그리고 수익을 동시에 얻는다는 건 꿈꾸는 자의 순수함일지는 모르나 그것이 부자의 계좌로 이어질 수는 없다.

하루에도 60퍼센트씩 넘게 오르락내리락한다는 암호화폐를 한다는 친구에게 지금 우리가 하는 게 투자일까? 투기일까? 뜬금없이 질문을 던져보았다.

'투자지, 물론'이라 답하는 그녀의 말을 한 귀로 흘리며 파란 창에 '투자'라는 단어를 찍어보았다.

투자/투기

투자와 투기는 이익을 추구한다는 점에서는 같지만, 그 방법

※ 투자자가 시세 변동에 대한 확신을 갖지 못한 채 시장의 주요 흐름이나 다른 투자자의 움직임을 따라 하는 매매

에 있어 투자는 생산 활동을 통한 이익을 추구하지만 투기는 생산 활동과 관계없는 이익을 추구한다. 경제 행위에서 일반적인 매매는 실제의 필요성에 의하여 이루어지는 반면에 투기는 가격의 오르내림의 차이에서 오는 이득을 챙기는 것을 목적으로 한다.

누군가는 내가 하면 투자고 남이 하면 투기라는 우스갯소리를 하기도 한다. 하지만 투자라 하면 최소한 시세 차익으로 인한 이득을 챙기겠다는 마음보다 그 회사의 미래 성장성을 믿고 함께 간다는 마음가짐을 우선해야 하는 게 아닐까?

그 회사 직원이 돼 직접 생산활동을 하지는 않더라도 잘 운영되고 있는지, 특별한 문제는 없는지, 세계를 떠들썩하게 만들 뉴스라도 있는 건 아닌지 관심을 두고 꼼꼼히 살피며 지켜보는 노력쯤은 해야 하는 건 아닐지 생각해본다.

주식의 바다에서
일등 서퍼가 되는 법

2천만 원을 넣어서 4천만 원을 번다? 이거야말로 돈이 돈을 벌게 하는 자본주의 정신에 딱 부합하는 일이 아닌가? 복리의 마법이라더니 두 배 남는 장사다! 이 얼마나 짜릿하고 달콤한 수확인가? 생애 처음으로 주식으로 두 배의 수익을 내고 그 수익을 일반 계좌에 고스란히 집어넣던 날, 그 기쁨이란 어찌 말로 다 할 수 있을까.

은행 계좌는 신용카드사에서, 연금공단에서 돈 빼가는 용도로 존재한다고 생각했었는데, 주식으로 돈을 벌어 계좌로 입금하는 날이 오다니. 육체노동 없이 돈이 돈을 만들어 그걸 현금으로 손에 쥐는 기분은 말 그대로 짜릿하다.

좋은 일도, 나쁜 일도 몰아서 온다고 하던가. 한 달이 채 지나지 않아 연이어 또 다른 종목으로 2배의 수익을 내고 계좌를 불렸을 때는 '세상에 돈 버는 게 이리 쉬운데 그동안 뭐하러 뼈빠지게 밤낮으로 아이디어를 짜고 섭외를 하고 원고를 썼나?' 하는 생각이 들었다. 열심히 살아온 내가 미련하다 싶었다.

'주식 투자에 제법 재주가 있나 보다. 이제는 투자에 대한 모든 걸 습득했어'라며 자만의 싹을 틔우고, 이제 어떤 종목이 오를지 어느 정도는 감으로 알아챌 수 있다며 주식으로만 한 달 수입을 채워 생활비를 하겠다고 오만의 꽃을 피웠다. 친구들에게도 쉬엄쉬엄 일하고 돈이 돈을 벌게 하라는 헛소리를 지껄이기도 했다. 이런 식으로 몇 배 장사를 하다가 금세 큰 부자가 될 거라는 꿈에도 부풀었다.

하지만 돈 벌기 그리 쉬우면 세상에 부자 아닌 사람이 어디 있겠는가? 돈을 벌면 여러 유혹이 찾아오는데, 가장 큰 유혹은 더 많이 투자하면 더 많이 불어날 거라는 손쉬운 계산이다. 결국 1년여 동안 수익 낸 돈까지 다시 집어넣어 열심히 주식에 탐닉했으나 결과적으로는 4천만 원의 수익은 초심자의 행운에 불과했다는 불변의 진리에 다시 한 번 고개를 끄덕이게 됐을 뿐이다.

그리고 초심자의 행운은 오만함과 만나면 수익을 0(제로)으로 돌리는 고속 열차를 타게 된다는 것도 알았다. 모든 걸 제자리로 돌리려 하는 관성의 법칙이라고 해야 할까? 제로섬 게임이라고 해야 할까? 주식을 하면 할수록 러닝머신 위에서 하염없이 제자리 뛰기를 하는 것 같은 기분이 든다. 엄청난 고수들은 물론 다르겠지만 말이다. 특히 요즘처럼 종목 장세가 이어질 때는 더욱 그렇다.

'누구도 시장을 이길 수는 없다!'는 말처럼 그때 내가 거뒀던 수익은 실력보다 시장이 좋아 얻은 것이었다. 좋은 장에서 투자하는 것과 진짜 진검 승부를 겨뤄야 하는 요즘 같은 장(종목별 극명한 차이를 두는 상승장)에서 투자를 하는 것은 '프로와 아마추어', '알고 하는 자와 감으로 하는 자'의 차이를 극명하게 드러내준다.

'내려가면 사야지'라며 찜 계좌에 담아둔 종목들이 하염없이 천장을 뚫고 올라가는데 막상 사둔 종목은 제자리 걷기를 하거나 어디가 끝인지 모를 지하를 향해 꾸준히 하향 곡선을 그리는 모습을 보면서 바보 같은 자신을 탓한다. 나는 수익률이 꽝인데 다른 사람은 큰돈을 벌었을 거라는 부러움과 질투에 사로잡혀 스스로를 괴롭힌다. 그런 자책은 이성을 잃게 하고, 한참 올라 천장을 뚫고 나갈 듯 달리는 종목의 등에 겁 없이 올라타게 한다. '달리는 말에 올라타라'는 증시 격언도 있지 않은가. 그 말을 위안 삼으면서 올라타 보지만, 오르는 것 외에는 다른 이유를 찾지 못하고 무턱대고 그냥 올라탄 달리는 말은 타자마자 꼬꾸라지는 대참사를 초래한다.

몇 차례의 낙마를 경험하고 이래도 안되고 저래도 안되고 뭘 해도 안되는 상황에서 비로소 나는 하나의 진리를 깨달았다. '내가 사고 싶어 미치는 그 순간이 고점이다', '달리는 말은 아무나 올라타는 게 아니다'라는 것을 말이다.

하수는 물을 먹고 고수들은 하수의 돈을 따는 진검 승부처인 이런 장에서는 마음을 다스리고 조용히 내 순서를 기다리는 게 상책이라는 걸 수차례의 실수 끝에 깨달았다. 주식이란 걸 배워가면서 생각하게 된다. 주식 고수란 단순히 기술적으로 차트를 잘 보고 단타 매매를 잘하는 사람이 아니다. 진짜 고수는 자신의 마음을 잘 다스리고 자기 마음의 속도에 맞춰 종목들을 사고팔 줄 알며 시장을 거스르지 않고 시장에 맞춰 파도를 잘 타는 일등 서퍼와 같은 존재다.

주식 투자야말로 머리가 아닌 마음이 승패를 좌우하는 곳인 것 같다. 매출을 보고 이익을 보고 부채를 보고 재무제표를 아무리 잘 뜯어봐도 주식 투자자들의 마음이, 시장의 마음이 어디로 어떻게 움직이고 싶어 하는지, 내 마음이 어느 정도의 속도로 어떻게 움직이는지 알지 못하면 수익을 내기 어렵다. 어떤 이유로 공포 분위기가 조성돼 다들 패닉에 빠져 투매를 하기 시작하는 하락장 속에서는 어떤 강한 종목도 살아남기 힘들다. 이때 마음을 다스리지 못하고 감정적으로 움직였다가는 깡통 계좌를 차는 건 시간 문제일 것이다.

타고난 감과 지식을 겸비한 고수도 늘 성공할 수만은 없는 이유, 그것은 이 시장이 머리보다 감정을, 마음을 알아야 하는 곳이어서가 아닐까. 아이러니하다. 이렇게 온통 숫자 천지인 장에서 진짜 중요한 건 마음이라니. 오늘도 나는 오르락내리락 정신없는 숫자판 위에서 마음을 배운다.

내 마음과 세력님들의 마음을.

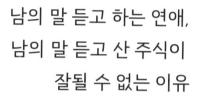

4장

남의 말 듣고 하는 연애,
남의 말 듣고 산 주식이
잘될 수 없는 이유

남의 말 듣고 하는 연애,
남의 말 듣고 산 주식이
잘될 수 없는 이유

세상사 돌고 돈다는 거나, 제 버릇 개 못 준다는 말은 어떤 상황에서도 대개는 옳다. 어릴 때 최대의 관심사가 연애이던 시절. 남 말을 참 많이, 잘도 들었더랬다.

친구들과 술 한잔을 하고 올라탄 버스 안에서 유일한 승객이었던 한 무리의 남학생들과 자연스럽게 대학 생활 얘기를 하다 친해진 남자친구는 그런 데서 만난 사람을 어떻게 믿느냐는 친구들의 말에 점점 사이를 두었고 (지금 생각해보면 장소에 따라 사람에 대한 신뢰가 달라진다는 생각 자체가 우습지만 말이다.) 두루두루 친구가 많아 매일이 5일장 장마당마냥 소란하고 바빴던 남자친구는 너보다 다른 사람이 우선인 그런 사람이랑 왜 만나느냐는 친구들 말에 이별의 수순을 밟았다.

그때는 왜 내 느낌보다 다른 사람들의 의견이 그렇게 중요했을까? 사람과 사람 간의 신뢰는 만들어가는 게 아니라 만나면서부터 첫인상처럼 새겨진다 믿던 시절이었기에 의지와 믿음은 늘 타인의 말에 갈대처럼 흔들렸다.

"이 사람 어떤 것 같아?"라고 물으면 "그 사람 좋은 사람 같다. 성실해 보이고 직장도 좋고 가족 관계도 좋고" 등등 그의 장점을 꼽아 말해주었다면 참 좋았으련만…. 친구들의 대답은 대개 이랬다. "그 사람 술 많이 먹는다면서, 너네 만나면 뭐하는데? 센스가 좀 없지 않아? 노잼 같은데"라며 뒤끝을 흐리거나, 그 사람의 행동 패턴에 대해 꼬치꼬치 묻다가 '그렇게 친구를 좋아해서야, 술자리가 그리 많아서야, 매번 데이트 장소도 같고 그리 소홀해서 어째' 등등의 이유로 결국 나쁘게 끝을 맺을 거라는 암시를 주며 아예 시작하지 않는 게 낫지 않느냐는 뉘앙스를 풍기곤 했다.

친구들의 이런 미적지근한 반응이 이어지면 어느 순간 정신이 혼란스러워지며 '정말 별로인가?', '내 눈에 콩깍지가 씌어 이상한 사람을 멋진 사람이라 착각하고 있나?', '이상한 사람 만나 된통 당한 사람의 말로는 어떠했던가?'라며 아직 벌어지지도 않은 일까지 상상해 의심의 불씨를 키우곤 했다.

사람을 믿는 것보다 의심하는 게 훨씬 쉽고 편하다. 그렇게 자주 쉽고 편한 길을 택한 결과 길게 가는 정 좋은 만남보다는 짧고 아쉬운 만남들만 수두룩하게 쌓아왔다.

다른 지인들의 유사한 물음에 대한 내 대답도 크게 다르지 않았던 것 같다. 대학 시절 몰려다니던 친구 중 한 친구가 남자친구 때문에 고민이 많았다. 친구의 남자친구는 잠이 많았다. 걸핏하면 자느라고 약속에 못 나오거나 늦어서 너무 힘들다고 친구는 고민을 털어놓았다. 당시 나는 매번 자느라 못 나오는 그런 성의 없는 남자친구는 없는 게 낫다며 그 친구보다 더 화를 내고는 그런 남자와는 당장 헤어지라고 왜 그렇게 질질 끌려다니냐고 내 일도 아닌 일에 열을 올렸다. 지금 생각해보면 참 웃기는 일이다.

남자친구에 대해 잘 아는 건 사귀는 본인들이다. 가장 많이 만났고 가장 많은 시간을 보냈으니 말이다. 그리고 그의 단점을 내가 얼마나 참아낼 수 있을지, 어디까지 견딜 수 있을지 사랑으로 포용할 수 있는 정도를 아는 것도 오직 나뿐이다. 그런데 왜 친구들의 의견을 그렇게 물어댔을까? 그에 대한 친구들의 답이 대개 부정적이었던 것도 짐작할 만한 지점이 있다.

누군가에게 상담한다는 것은 보통 고민이 있을 때나 뭔가 미심쩍은 일이 있을 때인 경우다. 마냥 행복하고 좋은데 왜 상담을 하겠는가. 그렇게 뭔지 모를 의심의 싹이 살짝 솟아오르려 할 때 고민 상담이랍시고 지인들에게 얘기를 털어놓으면 그들의 답변이야 뻔하지 않은가. 상담하는 상대의 나쁜 점만을 콕 집어 집중적으로 다다다다 불만을 토로하며 털어놓는데, 그런데도 그 사람은 좋은 사람이니 계속 만나라고 하는 게 더 이상하지 않은가. 남들의 관점을 참고할 수는 있을지언정 믿을 필요는 없다. 사실 친구들도 정답을 모르긴 마찬가지일 테니 말이다.

지나고 나서 돌아보니, 연애 실패의 상당 부분은 타인의 말을 대책 없이 맹신한 데 있었다. 매번 의심의 씨앗을 심고, 친구들에게 고민 상담한답시고 의심을 키우고 결국 씨앗이 제대로 자라기도 전에 잘라버리니 연애가 잘될 턱이 있겠는가 말이다.

주식도 마찬가지다. 남 말만 듣고 뿌리도 내리기 전에 이리저리 휘둘리다가는 수익이란 열매는 꿈도 못 꿀 일이다. 한동안 남들 얘기를 신앙처럼 믿으며 꼭 된다는 믿음만으로 종목을 사서 계좌를 채우고 파란불이 들어오면 스멀스멀 의심을 시작하다가, 떨어지기 시작하면 분노하고 좌절하다가 가장 안 좋은 시점에 종목을 던져버리는 안 좋은 패턴을 반복하곤 하는 나를 보며 '제 버릇 개 못 준다'라는 말을 떠올리곤 했다. 연애할 때 하던 짓을 똑같이 하니 말이다.

연애나 주식이나 남 말만 들어서는 얻어지는 게 없다. 둘 다 믿고 견디고 참아내야 수확을 얻을 수 있는 종류의 것들이기 때문이다. 남 말만 듣고 주식을 샀다가는 절대 버티지 못한다. 내가 공부하고 찾아내서 이리저리 뜯어보고 확신에 차서 산 주식도 장이 안 좋아 하염없이 내리기 시작하면 믿고 버티기가 힘든데 남 말만 듣고 산 건 오죽할까.

주식을 시작한 지 얼마 안 됐을 때, 친구의 지인이라는 주식 전문가 얘기를 듣고 꽤 많은 돈을 들여 한 제약회사의 주식을 샀다. 어느 정도 떨어질 때까지는 버텼다. 하지만 떨어지는 주식은 정말이지 로켓추진기를 달았다. 퍼렇게 날을 세우고 하염없이 굴을 파고 떨어지는데 속수무책이었다. 친구의 지인이라는 그 주식 전문가에게 '대체 언제 오르냐'고 '오르긴 오르는 거냐', '이제 나는 어떻게 해야 해'라며 반토막 난 주식을 부여잡고 애타게 답을 구해봤지만, 돌아오는 답은 없었다. 그인들 그렇게 떨어지는데 뭐라고 하겠는가? 단정적으로 답을 줬다가는 자신이 다 뒤집어쓸 텐데 말이다. 남은 진짜 남이다. 충고는 해줄지언정 막상 상대를 정리하고 외로움에 치를 떨 때 내 외로움을 책임지는 친구는 없듯, 시퍼렇게 날을 세우고 추락하는 내 주식을 책임질 사람은 어디에도 없다.

남 말만 듣고 사는 주식은 반드시 탈이 난다. 설혹 그 주식이 오르더라도 매도 적기를 알 수 없어 하염없이 들고만 있다가 다시 마이너스로 곤두박질치는 모습을 보게 된다든지, 아니면 그냥 쳐

내리든지. 안 좋은 상황이야 얼마든지 차고 넘친다. 그리고 몇 차례 그런 실패를 하고 나면 사실 그 종목을 추천했던 지인도 세력들의 장난질에 놀아난 개미에 불과하다는 걸 깨닫는다.

초짜 방송 작가 시절, 늘 모든 걸 알고 있는 것만 같은 동료 PD가 있었다. 어떤 문제에도 해답을 가진 것처럼 보이는 그가 존경스러웠고, 그에게는 내게 가득한 불안 초조로 인한 걱정이 없는 것 같아 부러웠다. 나이를 먹고 둘 다 작가, PD계의 시니어가 돼 다시 만나서 나는 그에게 물었다.

"어릴 때 내가 중요한 외국인 출연자한테 그 사람의 진의를 의심하듯 질문 폭탄을 쏟아냈는데 그 사람이 불쾌해하며 자기 나라로 돌아가겠다고 했던 거 기억나요? 그때 우리 그 사람 불러오느라 돈 많이 썼잖아요. 화나서 막 간다고 하는데 난 당황해 어쩔 줄 몰라 하는 사이 아무렇지 않게 따라 나가서 다시 데려왔잖아요. 어떻게 그렇게 태연하게 잘 처리할 수 있었어요?"

그는 웃으며 말했다.

"나도 그때 엄청 당황했어. 걱정이 태산이었다고! 근데 어쩌겠어. 어떻게든 해결해야지. 돈을 그렇게 많이 썼는데. 그래서 그냥 대담한 척 한 거야. 나도 그때 어렸잖아. 뭣도 모르고 그냥 막할 때였지."

그랬다. 그에게도 나만큼의 불안과 걱정과 미숙함이 있었던 거다. 살아보니 나이 몇 살 더 많다고 경험 좀 더 있다고 어떤 일에 대한 불안과 두려움이 없지는 않다. 대처 능력이 좀 더 생겼을 수는 있겠지만, 처음 하는 일은 여전히 두렵고 능숙한 일일지라도 알아서 더 두려운 경우도 많다.

수많은 주식 전문가라는 사람들의 방송들을 꽤 오랜 시간 지켜보면서 생각하게 됐다. 나보다 연륜도 있고, 정보가 조금 더 많다고 해서 그들이 신은 아니다. 온라인에 많고 많은 주식 전문가들, 리딩방, 종목 추천해주는 슈퍼 개미라는 사람들도 사실 잘 모른다. 설혹 뭔가 알고 있더라도 미지의 존재에 불과한 나에게 진짜 돈 벌리는 알짜 정보를 주는 사람은 거의 없다고 봐야지 않을까? 당연한 일이다. 그 종목이 반드시 오른다는 확신이 그들에게 100퍼센트 있었다면 빚을 내서라도 전 재산을 투자해 벼락부자가 되지, 왜 리딩방을 하면서 사람들을 끌어모으려고 그리 안달을 하겠는가.

돌아보면, 가장 중요한 문제에 대한 답은 언제나 남이 아닌 나에게 있었다. 남 말보다 자신의 얘기에 귀 기울인 친구들이 연애도 잘한다. 남들이 다 헤어지라고 도시락 싸다니며 말리는 상대라도 본인이 참을 수 있다면 참을 수 있는 거다. 그렇게 맺은 결실은 자신의 선택이기에 더 오래 참고 견딜 수 있다. 주식도 마찬가지다. 얼만큼의 수익을 끌어안을 수 있는지 얼만큼의 손실을 버틸 수 있는지는 내가 제일 잘 안다. 그리고 선택의 주체도 내가 돼야 거기서 다음번을 위한 깨달음을 얻을 수 있다.

누가 뭐라든 자신의 마음을 따라 꿋꿋하게 가는 것! 연애에도 주식에도 그런 정신이 필요하다.

연애 밀당보다 어려운
매매 타이밍

"너 진짜 그때 너무 멋졌어. 내 평생에 여자 사람 친구가 그렇게 멋져 보이기는 처음이야."

작가 생활 초창기 함께 일하며 친하게 지냈던 전 직장 동료와 오랜만에 만났을 때 불쑥 그가 말했다. 대체 뭐가 멋졌다는 거야? 내가 언제 이 남자에게 그렇게 멋지게 보였을까? 초롱초롱 기대에 차 눈을 빛내며 바라보는 나에게 돌아온 대답은 이랬다.

"우리 다 사회 초년병 시절에 처음 증권 계좌 만들었을 때, 너랑 나랑 ○○이랑 셋이 여의도 미래에셋증권에 갔잖아. 그때 네가 천만 원을 수표로 뽑아와서 직원한테 딱 내미는데 나 진짜 한 눈에 반했잖아. 천만 원을 딱 꺼내면서 주식 계좌 만들어달라는 너한테서 빛이 나더라니까."

헛! 녀석도 참, 반할 것도 없었나 보다. 기똥차게 예쁜 드레스를 입은 모습도 아니고 똑부러지게 일 잘하는 모습도 아니고 멋드러지게 요리하는 모습도 아니고 증권 계좌 창구에 천만 원을 내밀면서 증권 통장 하나 만들어달라고 한 게 뭐 그리 멋있을 일이라고 그럴까.

그가 지금 밤마다 천장에 주식봉을 그리고 있는 내 모습을 본다면 더더더더 멋있다고 해주려나? (설마 그럴 리가. 당시 우리는 어렸고, 사회 초년병 시절 천만 원이면 정말 큰돈이었다. 나한테도 전 재산이었으니까.) 그렇게 멋있는 명장면을 탄생시킬 수 있었던 것은 당시 내가 돈에 대해 참으로 무지했었기에 가능했다. 돈에 대해 무지하기가 갓 태어난 아이와 같은 상태였다고나 할까. 은행 수수료 몇백 원은 아까워 미치면서 큰돈에 있어서는 무감각했다. 솔직히 개념이 없었다. 그냥 남들이 차이나펀드가 좋다고 하니까, 단순 무지한 마음으로 그냥 통장에 있는 돈을 전부 다 뽑아온 거였다.

자본주의 정신에 입각해 돈을 움직이고, 돈이 돈을 벌게 하겠다는 창대한 꿈을 품고 주식 공부를 하기 시작했을 때 엉뚱하게도 그 친구 생각이 났다. 그때 내가 그 멋진 모습을 시작으로 꾸준히 돈에 대해 공부하고 투자 생활을 유지했다면 어땠을까. 모르긴 몰라도 지금처럼 매매 타이밍도 못 잡고 바보짓을 연속적으로 되풀이하며 뒤늦게 유튜브와 주식 카페들을 들락거리며 주린이 탈출을 모색하고 있지는 않을텐데.

주식 투자를 결심하고 십수년 전 처음 열어둔 주식 계좌의 먼지를 털어내 최신 버전 HTS를 노트북에 깔고 컴퓨터로 주식을 사고팔면서 처음에는 기대에 찼고 다음 순간에는 설렜는데 시간이 지날수록 초조하고 불안했고 나중엔 무서워졌다. 공부깨나 했다고 생각했는데 시간이 지날수록 주식에서 돈을 번다는 것은 공부뿐만 아니라 다른 요소들이 복합적으로 맞아떨어져야 가능한 아주 특별한 일이란 걸 알아간다.

주식에 열을 올리기 시작하면서 나는 신기한 깨달음들을 얻고 있다. 그 하나는 머리와 몸은 결코 하나가 아니라는 사실이다. 머리가 시킨다고 눈과 손이 곧이곧대로 말을 듣는 게 아니다. 어느 유명 작가는 소설을 쓸 때 자신의 머리가 아닌 하늘에서 글이 내려와 손이 저절로 작품을 써 내려간다고 했는데, 나의 머리와 손 역시 하늘에서 내린 지령을 받아 이렇게 생각한 바와 다르게 움직이는 것인지 알 수 없지만, 피아노를 처음 배우는 어린아이처럼 손은 절대 머리의 결정을 순순히 따르지 않는다.

저녁마다 주식 차트를 보고 재무 상태와 영업 이익을 체크하고 외국인과 기관과 사모펀드와 슈퍼 개미들이 뭘 샀나 보며, 종목에 대한 공부를 하고 딱 맘에 드는 몇 개를 골라 '내일 사야지' 하고 마음을 정한다고 해서, 다음 날 내 손이 머리의 명령에 따라 계획한 대로 그 주식을 사는 게 절대 아니다. 내 지인들도 유사한 경험을 했다고 하니, 나만 이상해서 그런 건 아니라고 믿는다.

아침에 눈을 뜨고 주식 매매 창을 열면 어젯밤에 했던 굳은 결심은 물거품처럼 사라진다. 빠르게 오르고 내리는 호가창에 홀린 내 눈과 손은 어느 순간 다른 종목을 사고 있다. 그것도 사자마자 어마어마한 내리막길을 걷게 될 주식을 말이다.

처음엔 귀신에 홀린 것 같았다. 아니 분명히 어젯밤에는 A 기업을 사려고 했는데 왜 엉뚱하게 F 기업의 주식을 사는가 말이다. 귀신이 아니라면 컴퓨터에서 무슨 무의식을 자극하는 전파라도 흘러서 나를 자기네 마음대로 조정이라도 하는 건가? 이런 행동 패턴을 몇 차례 반복하며 손실이라는 쓴맛을 원없이 보다가 나는 깨달았다.

'대학 시절 연애할 때 하던 짓을 주식 시장에서 똑같이 하고 있구나.'

그 시절, 말하자면 연애 초보 시절 나는 남들이 '멋지다', '좋다' 하는 남자들만 좋아하는 나쁜 버릇이 있었다. 관심이 없다가도 사람들이 좋다고 하면 덩달아 그 사람이 좋아지는 것이다. 나와 가치관이 맞는지, 성격이 맞는지, 그 사람이 어떤 사람인지도 모르는 상태에서 남들이 좋다니까 그냥 좋아하게 되면, 커플이 돼도 또 커플이 안 돼도 결과는 좋지 않다. 그는 나와는 맞지 않는 그냥 인기 많은 남자였을 뿐이므로 끝까지 잘될 가능성은 제로에 가깝다.

생각해보면 주식도 마찬가지다. 아침에 호가창을 열면 눈은 인기가 많아 벌겋게 불타오르며 길게 장대봉을 세운 주식들을 쫓기 일쑤고 그런 주식들을 보다 보면 당장 내가 그 종목에 적극적으로 들이대지 않으면 녀석이 더 멀리 달아나 나 아닌 남 좋은 일을 시킬 것 같은 초조한 마음이 드는 것이다.

초조 불안에 휩싸여 10퍼센트, 20퍼센트 넘게 인기 상종가를 구가하는 종목을 계좌 안으로 모셔 오고 나면, 인기가 많아 한껏 건방져진 녀석은 온갖 허세를 다 부리다 '맛 좀 봐라' 하는 식으로 쓴맛을 잔뜩 보여준다. 추락하는 것은 날개가 있다는 사실을 주식 시장에서 수차례 체험했다. 추락하는 날개는 그러모아 잡아올릴 수도 없을 만큼 날카롭고 무섭게 지하를 뚫고 처박힌다.

처음엔 종목들이 남자친구라도 되는 듯 애증의 감정에 휩싸였다. 진심으로 미웠다. 그러다 알게 됐다. 연애에도 때가 있듯 주식에도 매매 타이밍이 있다는 사실을 말이다.

내가 아는 한 친구는 스타일도 별로, 직장도 별로인, 남들 눈에는 별 볼 일 없어 보였던 짝을 일찍이 알아보고 그가 제대로 자리를 잡고 미래가 창창한 멋진 사람이 될 때까지 곁을 지켜 지금은 누가 보기에도 부러워할 예쁜 부부로 아름답게 산다. 남들은 볼 수 없었던 그가 가진 잠재력과 가능성을 일찍이 알아본 덕이다.

또 다른 친구는 콧대 높게 독신주의를 고수하던 인기 많은 한 남자를 10년 넘게 짝사랑하다 그가 잠시 병에 걸려 아프고 아무도 돌아봐주지 않아 외로울 때 그를 돌봐주다 눈이 맞아 예쁜 가정을 꾸렸다. 남들이 가치 없다 등 돌릴 때, 믿어주는 것. 그것만큼 큰 가치를 만드는 일은 없다.

주린이가 주식을 해보니 주식 역시 그렇다. 좋은 주식일수록 때를 기다리고 언제 들이대야 할지를 알아야 좋은 결과를 얻을 수 있고, 아무도 관심 두지 않을 때 투자하고 지켜봐야 큰 열매를 맺는다. 또 사고 싶지만 늘 고공행진만 하며 절대 떨어질 것 같지 않은 우량주식도 어느 순간 사람들의 외면을 받고 나락으로 떨어질 때가 반드시 있고, 그 순간 믿고 지하에 떨어진 그 기업과 동행하는 자만이 그 주식이 다시 날아오를 때 달달한 수익이란 열매를 함께 얻을 수 있다.

어쩌면 연애 밀당보다 더 어려운 것이 주식 매매 타이밍 같다. 하지만 관심을 두고 알아가며 때를 기다리면 기회는 반드시 온다.

투닥투닥
시너지라는 것에 대하여

동갑내기 부부는 오늘도 투닥투닥거린다. 과메기와 채소로 맛깔나게 차려진 술상과 친구들 앞에서 말싸움 한판을 시작한다. 가볍게 요즘 어느 세대건 화두로 삼는다는 재테크 얘기를 시작했을 뿐인데, 소문난 쌈닭 부부의 명성에 걸맞게 또 다툼거리를 찾아냈다.

남편 : 내가 그 종목 공부 좀 해보고 괜찮으면 사라고 했지? 애는 맨날 말을 안 들어. 재무도 튼튼하고, 앞으로 계열사 상장 호재도 있고 흑자 전환했고. 오른다고! 했냐? 안 했냐?

아내 : ········ (낮게…조용히) 그만해.

남편 : 이 종목도 그래. 내가 전에 사라고 했을 때 샀으면 지금 30퍼센트는 먹었을 건데. 내가 열심히 공부하고 찾아보고 나서 말하는 거잖아.

아내 : ······. (째려보며) 그만하랬다.

남편 : 이상한 되지도 않을 테마주 그런 거나 유튜버 말 듣고 막 사대고. ○○ 종목은 내가 팔라고 저번부터 그랬는데 아직 들고 있지? 평생 갖고 갈 거냐?

아내 : ····················. (욱) 그만! 그만! 그만 좀 해! 네가 사지 말라는 거 사서 이득 본 것도 많거든! 나 ○○ 종목 절대 안 팔아! 플러스 날 때까지 기다릴 거야.

남편 : 어휴, 아주 징글징글하다. 지금 마이너스 30퍼센트 넘었지? 언제까지 둘 거야?

아내 : (폭발) 그만!!! 그만하랬다!!!!!!

친구들 : 둘 다 그만 좀 해. 술 먹어. 자자, 한잔씩들 해.

술상에 동석한 지인들의 조심스러운 만류에 부부의 다툼은 일단락된 듯 보였으나, 중간중간 술기운에 얼굴이 한층 한층 붉어질 때마다 말싸움 2차전, 3차전은 간헐적으로 이어졌다. 술기운에 고성까지 이어지는 부부의 말싸움 대전을 처음 보는 이들은 큰 싸움이라도 나는 줄 알 것이다. 이러다 끝장 보는 것 아닌가, 어떻게든 말려야 하는 거 아닌가. 처음에는 나도 그랬었다.

그러나 부부와 10년쯤 넘게 술상을 마주하다 보니 그런 모습이 일상이며 실은 그 다소 요란하고 험악한 분위기의 말다툼은 그동안의 대화 부족을 해소하는 일이거나 혹은 어떤 사안에 대해 의견 일치를 보기 위해 행해지는 의식일 뿐이라는 것을 짐작할 수 있다.

부부의 투자도 그렇다. 이렇게 둘이 매번 다른 의견으로 싸우다가 사공이 많은 배가 산으로 가듯 투자 생활 역시 이득보다는 시퍼렇게 굴을 파고 손실의 나락을 헤매지 않을까 싶지만 둘의 이런 말다툼은 알 수 없는 시너지를 낳고 있었다.

매번 그만하라고 소리치며 남편의 말을 막아서는 아내가 남편의 그 많은 잔소리의 탈을 쓴 알짜 정보들을 다 허투루 듣는 건 아니다. 매번 듣기 싫은 척, 안 듣는 척하는 그녀는 남편 모르게 그가 말한 종목들을 몰래 사두고는 달콤한 수익의 맛을 보곤 했다.

나 : 그 종목 왜 샀어? 네 남편이 그 종목 좋다고 할 때는 듣기도 싫다고 난리더니.

그녀 : 그냥 한번 사봤어. 맞나 안 맞나 보려고…. 잘난 척하는

거 듣기 싫어서 그렇지 걔가 공부는 또 좀 하잖아.

시큰둥하게 말하는 그녀의 말투에는 은근히 남편이 공부한 종목에 대한 믿음이 묻어났다. (그 종목이 반타작이 나는 참사가 일어나지 않는 한은 그랬다.) 그녀의 남편은 공부 안하고 오로지 감으로 매매하는 그녀에 비해 답답하리만큼 신중하다. 100퍼센트 확신이 들기 전에는 좀체 투자라는 걸 실행하지 못하는 그녀의 남편이 공부해보고 그녀에게 한번 투자해보라고 제안하는 종목의 승률은 꽤 높았다.

둘의 모습을 보면 예전에 지상파 채널에서 기업 프로그램을 할 때 만났던 한 신발 업체의 대표님과 상무님이 떠오른다. 대표님은 짝짝이 신발을 신고 다니며 가장 편한 신발을 개발하려 애쓰는 열정맨이셨다. 신발 회사에서 세계인의 족적(발데이터)을 모은다는 것이 신기했다. 그리고 고객들이 AS하러 와서 새 신발에 자신의 발 모양에 따라 변형된 오래된 깔창을 넣어달라는 데 착안해 발 모양을 닮은 깔창을 만들었다는 이야기도 인상적인 회사였다. 그중 가장 오래도록 기억나는 건 대표님과 상무님의 관계다. 지금도 둘 사이의 묘한 기류가 생각난다. 웃는 상에 늘 편안해 보여 사람 좋다는 소리도 많이 들을 것 같은 대표님은 사람들이 신으면 행복해하는 신발을 만들고 싶다고 했다.

"아침에 회사를 가려고 신발을 딱 신고 나가면 햇빛을 받아 신발에서 꽃이 활짝 피는 거예요. 행복하겠죠. 벽 타는 신발은 어때요? 추울 때 더울 때 온도 조절되는 신발. 그것도 너무 좋겠죠?"

얼굴 가득 퍼지는 행복한 미소와 함께 만들고 싶은 신발들에 대한 아이디어를 줄줄 끝도 없이 풀어놓던 대표님을 보며 정말 신발을 좋아하는 분이구나라고 생각했다. 그 현장에서 또 하나 잊히지 않았던 건 그런 대표님을 바라보던 상무님 표정이었다. 과묵하고 이성적이고 책임감 강할 것 같은 인상을 풍기는 상무님은 한동안 말없이 작게 한숨만 쉬더니 이렇게 말씀하셨다.

"(조용히) 되겠어요? 거위를 가져와서 물 위를 걷는 신발을 만들어보자 하고, 햇볕 받아 꽃 피는 신발을 만들어보자 하고, 열정은 좋아요. 그런데 개발하는 사람들 입장에서는 대표님이 쏟아내는 아이디어랑 열정 때문에 힘든 부분도 많아요."

이야기를 하는 상무님을 마주 보고 장난스레 싱긋 웃으시던 대표님. 이런 말들이 오가는 상황은 험악하기보다 일상인 양 편안하기까지 했다. 두 분을 보며 이런 조화가 이 기업의 힘이 아닐까 생각했다. 누군가는 끊임없이 불가능할지도 모를 꿈을 꾸고, 누군가는 현실에 발붙이고 현실화 가능성을 타진하며 조율해 나가는 것. 그 둘의 조화가 멋지다고 생각했다. 너무 달라 그 차이로 인해 힘든 순간들이 많긴 하겠으나 말이다.

친구 부부의 모습을 보며 그 둘을 떠올리는 것은 이들 역시 투닥투닥 오가는 고성과 말다툼 속에 시너지를 내는 모습을 자주 보았기 때문이다. 감으로 매매하지만 야수의 심장이라도 가진 양 담이 크고 은근과 끈기까지 더해 한 종목을 잡으면 엉덩이 무겁기로는 타의 추종을 불허하는 그녀. 지나치게 신중하고 꼼꼼해서 말은 많이 해도 웬만큼 공부해서는 어떤 종목도 100퍼센트 오를 거란 보장이 없기에 선뜻 거금을 투자하지 못하는 남편. 그래서 둘은 끊임없이 전생의 원수라도 되는 양 투닥거리기 일쑤지만 그렇게 주워들은 남편의 정보와 그녀의 담대함이 합쳐져 계좌에 남는 수익은 꽤 컸다.

둘의 시너지가 최고로 발휘된 건 딸을 위해 산 종목이 채워진 계좌다. 감을 우선시하는 그녀지만 자신의 모든 것이라 부르짖는 딸의 계좌를 채우는 일이기에(그렇게 듣기 싫다는) 남편의 말에 따라 공부를 좀 해서 투자를 했다. 그 계좌의 종목 중 하나가 크게 올라 그녀가 팔려고 할 때마다 최근 동향까지 놓치지 않고 공부를 계속해 온 남편의 조언에 따라 매도 버튼을 누르지 못했다. 그 결과 계좌의 수익은 몇 배로 불어났다. 이렇게 둘이 연합한 딸의 주식 계좌는 그녀와 남편이 따로따로 가지고 있는 계좌보다 수익률 면에서 월등하다. 그녀는 말한다.

"아 그냥 이것저것 사지 말고 우리 딸 계좌의 종목들로만 계좌를 채울 걸 그랬어.”

그럴 때마다 나는 이렇게 말하고 싶은 걸 꾹 참는다.

'말이 그렇지 그게 네 맘대로 할 수 있는 네 계좌였다면 벌써
이런저런 이유로 다른 것들로 다 교체가 되었을 거야.'

왜 늘 남의 떡이
커 보일까?

한창 일에 속도가 붙어 밤낮 안 가리고 일을 하던 시절이었다. 어느 날 출근길에 후배가 언제 오냐며 문자를 남겼기에, "그렇게 보고 싶어? 지금 엘리베이터 타. 1층"이라고 농담을 하고는 엘리베이터를 탔다. 문이 열리자마자 계속 기다렸는지 얼굴이 붉게 상기된 후배가 호들갑을 떨며 말했다.

"언니, 큰일 났어요. 언니 책상에 어떤 작가가 와서는 호피를 쫙 깔았어요. 자기 물건도 막 올려놓고! 제가 하지 말라고 그랬는데도 그냥 막무가내로 와서는 저렇게 해놨어요. 왜 저런대요? 왜 저래 정말. 어떻게 해요?"

"호피? 갑자기 웬 호피?"

사무실로 들어가 책상을 살폈다. 정말 후배 말대로 호피 무늬 담요가 책상과 의자를 뒤덮었고 앞으로도 절대 내 스타일은 되지 않을 공주풍 사무집기들이 책상 위를 차지하고 있었다.

"뭐야?" 하며 황당해하는 순간, 팀의 책임 PD가 잠깐 이야기 좀 하자며 회의실로 불렀다. 처음엔 놀라서 멍했는데, 회의실에서 책임 PD의 얼굴을 보니 갑자기 화가 났다.

"말도 없이 딴 작가 구했어요? 저 잘려요?"

원래도 말을 못 참는 성격인 내가 화를 섞어 폭풍처럼 말을 쏟아냈다. 아까부터 웃음을 참고 있던 듯 보이던 책임 PD는 쿡쿡 웃음을 흘리며 벌겋게 달아오른 얼굴로 말했다.

그 : 쿡쿡, 그럴까?

나 : (벌컥) 장난해요?

그 : 쿡쿡, 진정하고. 나도 이런 일은 처음이라 너무 웃겨서. 갑자기 저 작가가 와서 너 대신 자기가 이 팀에 와서 일하면 안 되냐고 그러더라고. 돈도 적게 줘도 되고, 일은 훨씬 많이 하겠대. 어쩔까?

나 : 그래서 오라고 한 거예요?

그 : 아니, 내가 무슨 욕을 먹으려고···. 그런 말 안했는데 저렇

게 자기 물건들을 가져다 놨네. 큭큭큭.

책임 PD는 모든 게 장난 같고 그냥 웃긴 모양이었지만 난 몹시 황당했다. 그 모 작가가 일이 없어 놀고 있던 상황도 아니었고, 내 자리에서 몇 발짝만 옮기면, 아니, 그냥 일어서서 한 번 둘러만 봐도 그녀 이에 붙은 고춧가루도 보일 만큼 가까이 있는 옆 팀에서 일을 하고 있었는데 갑자기 왜 이런 일을 꾸민 건지 도무지 알수가 없었다.

평소 친한 사이는 아니었기에, 혹시 그 팀에서 잘렸나 아니면 나한테 무슨 억하심정이라도 있나. 지인들을 통해 진상을 알아봤다. 지인들은 원래도 이상한 소리도 잘하고 사실이 아닌 걸 사실인 양 말을 하는 등 허언증 증상이 있는 것 같긴 했는데 저런 황당한 행동도 하는 줄은 몰랐다고 했다. 그렇게 내가 진상을 파악하는 사이 호피 담요는 올 때와 마찬가지로 소리 소문 없이 사라졌고 그 일은 그냥 해프닝으로 마무리됐다.

그렇게 나도 그녀를 잊었다. 그러다 몇 년 후, 다른 방송사에서 일하고 있을 때 다시 그녀의 소식이 들려왔다. SKY 대학 출신이라고 이력서에 써서 다녔던 그녀의 학벌이 거짓말이었으며, PD의 추궁에 의해 자백한 인 서울 모 대학 출신이라는 말 또한 거짓이었고, 다시 자백한 지방국립대 출신이라는 말 또한 거짓으로 밝혀졌단다. 더 황당한 사실은 그녀가 남자친구라 강하게 주장했던 방송사의 모 PD와도 사실은 전혀 일면식도 없는 사이였다는 것이다. 그동안 해온 이야기의 상당수가 거짓임이 밝혀져서 팀에서 잘리고 어디론가 사라졌다는 그녀. 이야기를 들으니 다시 궁금해졌다. 그녀는 그때 왜 호피 담요를 내 책상에 가져다 뒀을까.

잠시 생각했다. 그땐 그냥 황당한 작가라고만 생각했는데 그녀가 했다는 일련의 거짓말들을 떠올려보니 어쩌면 그녀는 남의 떡만 커 보여 그 떡에 집착하느라 자기가 가진 좋은 것들을 다 잃고 늘 허기져 있는 그런 사람이 아니었을까 싶었다.

남들 눈에 좋아 보이는 학벌, 남자친구, 자리까지 다 탐나서 거짓말을 하고 결국 스스로 그 거짓말을 믿어버리게 된 게 아닐까. 허언증, 리플리 증후군에 대해서 잘은 몰라도 그렇게 남의 떡을 욕망하고 집착하다 보면 그런 병도 생기는 게 아닌가 싶다.

남의 떡은 늘 커 보인다. 재테크에 있어서는 더더욱 그렇다. 집이 없으니 집 가진 친구가 부럽고 집을 가졌던 시절에는 내 집이 있는 동네보다 친구가 산 집이 있는 그 동네의 집이 부러웠다. 그리고 주식에 열을 올리고 있는 지금은 더 자주 무섭게 남의 떡이 커 보여 남의 떡에 집착하고 탐내는 나를 질책하느라 진을 뺀다.

아무리 사고 싶었던 종목이라도 막상 내 것이 되고 나면 마음이 식고 다른 사람 계좌의 종목이 부러워 미친다. 행여 친구가 어떤 종목으로 돈을 좀 벌었다고 하면 그 주식이 마냥 좋아 보이면서 나도 당장 그 종목을 가져야겠다는 욕망에 시달리는 것이다. 그러다 막상 갖고 나면 또 다른 사람의 계좌에 있는 또 다른 종목이 훨씬 더 좋아 보일 거면서 말이다. 그런 사실을 다 알면서도 미친 욕망은 또다시 남의 떡에 환상의 나래를 입히며 욕망의 크기를 끝간 데 없이 키운다.

'비교만큼 자신의 행복을 해치는 감정은 없다'는 철학자 데카르트의 말은 진리다. 과거 내 자리에 자신의 호피를 깔 만큼 내 떡이 커 보였을 그녀가 만약 나를 밀어내고 그 자리를 차지했다면 정말 행복했을까? 그 자리에서 내가 느꼈을 고민과 힘듦은 보지 못하고, 자신의 상상 속에서 남의 자리에 대한 환상만을 키웠을 테니, 막상 그 자리를 차지했다면 더 실망스럽고 허망했을지도 모른다. 오늘도 남의 떡이 더 커 보이는 나에게 따끔하게 타이른다.

"니가 지금 그 떡이 좋아 보이는 이유는, 그 떡을 잘 몰라서일 뿐이야. 그 종목이 갖고 있는 잠재적 위험성을 몰라서 그냥 무턱대고 좋아 보이는 거지. 무식해서 용감하다지만, 그렇게 무식하게 남의 떡만 탐하다가는 실패의 뺑뺑이만 실컷 돌게 될 뿐이야. 허황된 환상에서 깨라. 제발!"

세상에 돈 벌었단 사람이
왜 이렇게 많아

포털 기사를 보다가 급 화가 났다. 뭔 돈 번 사람들이 이렇게 많아?

집으로 돈 벌고, 가상화폐로 돈 벌고, 주식으로 돈 벌고, 하다못해 그림, 운동화로도 돈을 번다는데. 다들 번다는 돈을 나는 왜 못 벌고 있는가? 신문을 보다 화난 마음을 책으로라도 다스리려고 베스트셀러 목록을 보았더니 여기도 돈 번 사람들 천지다. 평범한 가정주부도, 아버지도, 직장인도, 유튜버도, 블로거들도, 옷 가게 언니들도, 돈 묻어두고 군대 다녀온 누구도 다들 돈을 벌었다는데 나는 왜 이 모양인가? 두 번째 자책에 몸을 분노로 부르르 떨면서 얼음물을 폭풍 드링킹하다가 문득 그녀 생각이 났다.

취재차 만난 그녀는 유명 뷰티 블로거였다. 누구와 있어도 눈에 확 띄는 외모에 스타일도 좋고, 말도 조곤조곤 잘하고 무엇보다 규정할 수 없는 흔치 않은 매력이 있었다. 어디 하나 빠질 게 없는 그녀를 보면서 이래서 유명 블로거구나 싶었다. 온라인상에서 그녀는 유명 연예인 못지않게 인기와 부러움을 한몸에 받는 존재였다. 한없이 예쁘고 밝아 보이던 그녀에게서 그림자를 본 것은 두 시간여 인터뷰 끝 무렵이었다.

"일과가 어떻게 돼요?"

"아침에 일어나서 오늘은 어떤 메이크업을 할까 어떤 제품을 쓸까 고민하다 블로그 4~5시간 하고, 점심 먹고 블로그, SNS 하고 팬들이랑 소통하고 거의 그렇죠."

"친구는 안 만나요?"

"(곤란한 듯) 집에서 거의 안 나가요. 친구들은 온라인에서 거의 소통하죠."

"외출 일정은? 저희가 동반 취재할 곳이 있나 해서요."

"사실은 집에서 거의 안 나가는데. 억지로 나가야 하나요?"

"아…."

한 달에 한두 번 외출하면 많이 하는 거라는 그녀는 친한 친구에게 크게 배신을 당한 후로는 현실 친구를 사귀는 게 어렵다고 했다. 온라인에서 팬들과 소통하고 자신을 좋아해주는 사람들을 만나는 게 제일 좋단다.

예쁘고 매력적인 그녀와 만나고 돌아오면서 생각이 많아졌다. 누구에게나 사랑받는 셀럽, 온라인상에 드러난 그녀와 진짜 그녀 사이에는 어느 만큼의 간극이 있는 것일까? 온라인 팬들과 함께할 때 가장 행복하다는 그녀는 진짜 행복한 걸까? 누구보다 아름다운 모습으로 치장하고 집 안에서 가상 공간의 팬들에게 가상의 자신의 모습을 보여주면서 아름답고 좋은 이야기들만 나누면서 사는 삶이 언제까지 유지 가능한 것일까? 평생 그렇게 사는 것도 가능할까? 나쁜 꼴, 나쁜 얘기를 듣지 않으면서 그냥 아름답게만 산다는 것이 과연 가능한 것일까?

코로나 때문인지 나이 때문인지 한동안 극심한 우울증에 시달리던 지인이 한 말이 떠오른다.

"SNS를 보면 다른 사람들은 다 행복한 것 같은데, 나만 왜 이럴까?"

그렁그렁 슬픈 눈으로 나를 바라보는 그녀에게 말했다.

"그거 홍보 창이라고 했냐 안 했냐, 그런 거 보지 말라고! 우울할 때는 특히! 다들 좋은 거 보여주려고 하지 구질구질한 거 아픈 것 보여주려고 하니? 남들 동정 사서 얻을 게 있다면 또 모를까?"

디지털 시대라는 게 참 그렇다. 사람 얼굴보다 더 긴 시간을 휴대전화나 컴퓨터를 보며 살게 되면서 그 안에서 타인이 보여주려는 모습에 현혹되는 일도 많아졌다. 얼굴 맞대고 눈빛을 보고 얘기하다 보면 쉽게 드러날 진실도, 감정이란 것도 원한다면 얼마든지 포장해 드러내는 게 가능한 디지털 세상에서 진실은 쉽게 다른 것들로 포장된다. 사실 포장하고 아름답게 치장된 모습이 구질구질한 진실보다 타인의 환심과 부러움을 사기 좋으니 어쩔 수 없는 현상이라면 현상이라 해야 할까.

그런데 자신만 아는 진실은 어찌할 건가? 세상에 행복하기만 하고 아픔이 없는 인생이 있을 수 있나? 인간에게 오욕칠정과 번뇌라는 게 있는 한, SF 소설에서 나오는 것처럼 늘 행복하게만 느끼는 조제약을 먹지 않고서는 늘 행복한 삶이란 불가능하다.

그런 면에서 온통 돈 벌었다는 사람들만 가득 보이는 이 세상도 사실은 미디어가 보여주려는 모습만 보이는 거짓 세상일지 모른다. 신문에, TV에, 책에서 누구 보란 듯 내세우는 이들은 대부분 희귀하니까, 남들이 부러워하니까, 그들처럼 되고 싶은 욕망에서 더 갈구하게 되니까 그래서 더 잘 팔릴 것 같아 내놓는 것에 불과하다.

온통 잘난 사람들, 돈 번 사람들, 행복한 사람들이 넘쳐나는 이런 세상에서는 그 허울 뒤에 감춰진 그림자를 들여볼 필요도 있다. 그래야 '없는 내'가 너무 불쌍하고 짜증 나서 우울해지는 일 정도는 막을 수 있을 테니 말이다. 다 잘난 것 같은 세상 속에서 어떻게 살아야 할지 고민된다면, 이 말을 떠올리면 된다. 빛이 있으면 그림자도 있는 법이다. 반드시!

환희의 '껄껄껄'을
고대하며

껄…껄…껄…껄…. 끝도 없는 껄껄댐. 웃느라 껄껄대는 거라면 오죽 좋을까. 오전 9시부터 오후 3시 30분까지 주식장이 열리고 닫히는 순간까지 나는 껄껄대느라 정신이 없다. 혼잣말도 늘었다.

"아, 저거 어제 사고 싶었는데, 종가에 살껄."

"오전장에 팔아 버릴껄."

"더 살껄, 물 타지 말껄, 저번 주에 싹 다 일괄 매도할껄. 금요일날 살껄, 미국 주식을 더 살껄… 아니 중국 전기차 주식을 살껄, 할껄 말껄, 이럴껄 저럴껄…."

별별 껄껄을 다 끄집어내 논하다 보면 하루해가 얼마나 짧은 지 안 해본 사람은 짐작도 못할 것이다.

주식이든 부동산이든 쇼핑이든 일이든 돈이 얽힌 일에는 이 '껄' 타령이 유독 걸쭉하게 질리도록 길게 이어진다. 다른 말로 하면 돈이 얽힌 일에는 늘 후회가 꼬리표처럼 따라다닌다는 뜻이 기도 하다. 그리고 아이러니하게도 이 후회란 것은 늘 '어리석은 선택'이란 녀석을 형제처럼 대동하고 다닌다.

껄껄대며 후회하다 떠나버린 버스를 억지로 붙잡아 타는 잘 못된 선택을 하는 경우가 종종 생기는 것이다. 떠난 버스를 보며 쿨하게 잘 가라고 손을 흔들어주었다면 좋았으련만, 주식을 아낌 없이 팔고 나서 얼마 안 돼 벌겋게 상종가를 치는 녀석을 보며 안 타깝게 껄껄대다가 곱게 보내주지 못하고 웃돈 주고 억지로 다시 내 계좌에 묶어두는 어리석은 선택을 하게 된다. 이런 경우라면 좋은 꼴보다는 후회의 쓴맛을 보다가 끌끌 혀를 차며 머리 싸매 며 눕게 마련이다.

긴 기다림 끝에 껄껄을 거쳐 끌끌 혀를 차며 한동안 내 머리 를 싸매게 한 녀석이 있었다. 반도체 후공정 장비와 관련된 모 회 사의 주식을 계좌에 두고 오래 지켜봤었다. 언젠간 될 녀석이라 며 녀석이 시퍼런 봉을 세우며 떨어질 때도 그를 긍정적으로 평 가한 여러 리서치들을 찾아보며 애써 마음을 다스리곤 했다. 오래 참았다. 참은 만큼 녀석이 보답해줄 거라 믿었다.

그렇게 한 달이 가고, 두 달이 가고, 반년이 다 되어갈 즈음 문득 '기다리지 말껄'이라는 후회의 탄식과 함께 너무 많이 참았다는 생각이 들었다. '진즉 팔아버릴껄', '리서치 따위 보지 말껄' '아는 종목에나 투자할껄', '이따위 뒤통수 때리는 종목은 쳐다보지도 말껄' 하며 껄껄대다 마우스를 험하게 놀리며 단호하게 매도 버튼을 눌렀다.

참 희한한 일이다. 그렇게 오랫동안 미적거리며 지켜보고는 막상 매도 버튼을 누르기 직전에는 최신 뉴스도, 수급 동향도 살펴보지 않은 채 누군가에게 복수라도 하는 마음으로 마우스를 휘둘러대다니.

그렇게 성급하게 매도한 뒤 깜빡깜빡 붉은 불을 켜기 시작하는 녀석의 희한한 동태를 보고 살짝 늦게 뉴스를 검색해 보고는 또다시 '껄껄껄'을 폭풍처럼 쏟아내야 했다. 녀석에게 큰 호재가 있었던 것이다.

오랫동안 바닥을 기던 녀석은 참고 참았던 감정이라도 폭발시키듯 붉은 봉을 길게 뽑으며 하늘 높은 줄 모르고 올라갔다.

어떻게 보낸 지 하루도 안 돼 이렇게 오를 수가 있단 말인가. 뉴스라도 검색해보고 팔껄. 또다시 껄껄대며 후회로 가슴을 쳤다.

그렇게 껄껄댐은 다음 날까지 이어지다 오후장에 더는 참지 못하고 녀석을 다시 계좌에 담았다.

어떻게 됐겠는가? 녀석이 계속 붉게 타올랐을까? 아니, 녀석은 참지 못하고 자신을 버린 내게 복수라도 하듯, 강한 회귀 본능이 있다는 걸 증명이라도 하듯 다시 제자리를 찾아갔다. 당연히 내 계좌에는 어리석고 성급한 자라는 징표처럼 시퍼런 마이너스가 떡하니 찍혔다.

사랑에서도 돈에서도 간절히 바라는 게 있다면 더더욱 쿨해질 필요가 있다. 버스가 붉은 봉을 세우며 떠난다면 '팔지 말걸, 더 살걸' 하며 떠난 버스를 바로 붙잡아 탈 생각을 할 게 아니라, 쿨하게 인정하고, 이번엔 '안녕' 하며 보내준 후 다음 기회를 기다리는 게 현명하다.

껄껄대며 바라보고 후회에 후회를 거듭하는 대신 그 버스를 왜 떠나보내게 됐는가, 처음 살 때의 마음은 어땠는가? 그 과정에서 어떤 변화가 있었는가를 철저히 체크해보는 게 현명하다. 당장 탐난다고 덜컥 잡았다가는 떠나보낼 때와 같은 이유로 후회에 후회를 거듭하게 될 수도 있으니까 말이다.

기회는 언제고 다시 온다. 연애는 몰라도 주식 시장에서는 반드시 그렇다. 변덕 심한 조울증 환자처럼 주식 시장은 끊임없이 오르락내리락한다. 그런데도 분위기 맞추고 비위 맞추기 힘들다며 던져버리기에는 아까운 무엇이 그 안에 있다면, 때로는 지겹

도록 오르락내리락하는 그 혼란을 조금은 즐길 필요가 있다.

우울한 얼굴 위에 후회를 담아 껄껄댈 것이 아니라, 안 된 건 쿨하게 접고 일단 보낸 후, 내 마음에 불안을 안긴 그 어떤 점들이 개선되길 기다리며 다시 기회를 엿보는 것이다. 그동안 다른 종목을 탐색하고 껄떡대고 충분히 알아본 후, 다시 그 종목을 붙잡아도 늦지 않다. 연애에서와 달리 주식 시장에서는 환승에 있어 윤리적인 가책을 느낄 필요가 없다.

물론 후회의 껄껄댐을 멈추기란 영 쉽지 않다. 좋은 주식을 싸게 사서 기다렸다 오르면 판다. 말은 참 쉽지만 기다린다는 건 초보 구도자의 면벽 수행만큼이나 어렵다.

그나마 한참 껄껄대다 보니 얻게 된 노하우 하나는 마음이 미친 듯이 불타오르고 저 녀석이 탐나 죽겠을 때, 한껏 감상적이 된 나를 인지하는 것이다.

껄껄댄다 => 감정적이 되었구나 => 쿨할 시간이 필요하다 => 잠시 떠나 있자!

뭐 이런 패턴을 억지로라도 연습하는 것이다. 최대한 장중 시세를 보는 시간을 줄이고 애써 다른 일을 한다. 미칠 듯이 사고 싶은 종목도 한 시간만 덮어두고 안 보면 흥분은 가라앉기 마련이다. 그러다 급등하게 되는 경우도 종종 있지만 그럴 때는 껄껄대기보다 '이 돈은 내 돈이 아니다'라고 쿨하게 덮어놓는 게 내 정신에도, 계좌에도 유익하다.

어쩌면 후회의 껄껄댐이 계속된다는 것은 지금 내 시야가 몹시 좁다는 방증일 수도 있다. 앞으로 펼쳐질 긴 시간이 품고 있는 수많은 기회와 껄껄댈 종목 외에 더 많은 다른 종목이라는 선택지가 드넓게 펼쳐져 있음을 잊고 있기 때문이다. 껄껄댐이 특히 심해지는 하락장이 이어지면 최대한 넓게 길게 보자고 멘탈을 다스린다.

주식 시장은 인간 세상만큼이나 별별 욕망이 들끓는 곳이라 설사 어느 기업이 흠잡을 데 없이 훌륭하더라도 갑자기 이유 없이 속절없이 퍼렇게 땅굴을 파며 떨어지는 경우도 종종 있다. (정보 빠른 전문가들조차 억지로 이유를 만들어내야 할 정도로 이상하게 장이 움직이는 일도 있다.) 이럴 때 멘탈을 잘 붙들어 매야 주식 시장에 한껏 가득 찬 욕망에 농락당하지 않고 나의 길을 꿋꿋이 걸어 수익이란 걸 얻을 수 있다.

말은 이렇게 쉽게 해도 늘 기도한다.

'오늘은 후회가 아닌 환희의 '껄껄껄'이 터져 나오기를 오늘도 간절히 바라옵니다.'

환희의 '껄껄껄'을 고대하며

---

* 맞춤법상 '껄'이 아니라 '걸'이 맞지만 작가의 의도와 글맛을 살리기 위해 '껄'을 그대로 두었습니다.

장기투자는
어려워

도종환 시인의 〈흔들리며 피는 꽃〉에 보면 '흔들리지 않고 피는 꽃이 어디 있으랴/흔들리지 않고 가는 사랑이 어디 있으랴/젖지 않고 가는 삶이 어디 있으랴'라는 구절이 나온다. 꽃, 사랑, 삶에 '주식'이란 단어를 대입하면 요즘 내가 주식 창을 보며 머리가 하얗게 될 때마다 중얼거리는 장기투자 주식 송이 된다.

흔들리지 않고 가는 수익 주식 종목이 어디 있으랴

흔들리지 않고 가는 주식 종목이 어디 있으랴

장기투자를 한다는 것은 다소 거창할지 모르겠지만, 흔들리며 제자리를 찾고 또다시 흔들리며 가는 누군가의 인생을 곁에서 지켜보는 것 같다. 어쩌면 주식에서뿐만 아니라 살아가는 데 생기는 대개의 일이 그렇게 흔들리며 제자리를 찾아가는 것 같기도 하다.

20년 넘게 작가 생활을 하며 수많은 프로그램을 만들었다. 그중 단 한 편도 별일 없이 그냥 넘어간 적이 없었다. 대방어 편을 제작할 때는 계절과 날씨에 맞춰 어렵게 촬영을 시작했건만, 몇 날 며칠 대방어가 잡히지 않아 무진 애를 태웠고, 제주의 사냥 밥상을 취재하러 갔을 때는 AI(조류 인플루엔자)가 갑자기 돌면서 사냥이 불가능해져 급히 아이템을 바꿔야 했다. 사전 답사까지 완벽하게 마치고 구성안도 나오고 촬영을 떠나기 직전인데 갑자기 출연자에게서 출연할 수 없다는 연락을 받은 것도 여러 번이었다.

그냥 힘들어서, 불편해서 못하겠다는 단순한 이유도 있었지만 피치 못할 돌발상황이 더 많았다. 산에 약초를 캐러 갔다가 갑자기 다쳐서 출연할 수 없다고 한 분도 있었고, 출연자가 어르신들인 경우가 많은 탓에 급작스럽게 몸이 편찮거나, 마을에 초상이 나 마을 사람들 전체가 못 나오겠다고 한 일도 있었다.

출연자만 문제가 아니다. 제목이 밥상인 만큼 식재료가 주인 공이나 다름없는데 식재료 채취에도 문제들이 많았다. 따뜻했던 날씨가 갑자기 추워져 요리할 만큼 나물이 자라지 않아 촬영이 불가능했던 적도 있었고, 매해 잘만 찾아오던 회귀성 어류인 생선이 올해는 갑자기 안 와서 촬영이 어려워지기도 했다. 참 별별 일이 많았다. 아이템 선정이나 사전 취재 단계에서가 아니면 촬영 혹은 편집, 시사, 원고에 이르기까지 매회 어느 한 단계에서든 꼭 문제가 생겼다.

지나고 보면 '뭐 그럴 수도 있지' 하고 넘길 수도 있겠지만, 당시에는 정말 당장 죽을 것처럼 큰 문제였고, 그로 인한 압박감으로 두통과 불면에 시달렸다. 이번 방송 펑크 나면 어쩌지? 아무것도 못 틀고 컬러 바(텔레비전 장비의 시험용으로 사용되는 영상 신호) 까는 거 아냐? 웃음 섞어 말하면서도 속은 시커멓게 타들어 갔다.

주식을 해보니 장기투자라는 게 꼭 그렇다. 아무리 '장기투자다', '믿고 오래 가지고 가자'라고 해도 급작스레 발생하는 돌발 악재들은 언제든 생기게 마련이고, 그런 악재들은 금세 마음을 무너뜨린다. '이거 안 되는 기업 아냐? 내가 잘못 본 거 아냐?', '안 되는 기업 오래 가지고 가면 뭐 하나. 휴짓조각 되는 거 아냐?'라는 생각이 든다. 또 다른 건 다 오르는데 혼자 제자리걸음을 하며 횡보하는 모습을 보면 '남들 다 돈 버는데 나만 뭐 하는 건가'라며 속이 터진다.

장기투자니까 아예 계좌를 덮어놓고 보지 말자고 해도 어디 인터넷 안 되는 무인도에 가지 않는 한 틈틈이 이 종목이 지금 잘 가고 있는지 확인해보려는 간절한 마음이 드는 것이다. 그렇게 눈으로 보고 나면 가만 놔둬도 좋을 것을 꼭 내가 이 종목의 행보에 끼어들어 뭐든 내 계좌에 도움을 줘야만 할 것 같은 마음이 든다. 그것이 어리석은 행동으로 이어지는 것이다.

아무것도 하지 않고 마냥 지켜보기만 한다는 건 어렵다. 특히 애정을 담뿍 담고 지켜본다면 더더욱 힘들어진다. 갑자기 급등해서 올라가는 녀석을 보면 '곧 떨어지는 게 아닌가. 조금이라도 팔아야 하는 거 아닌가, 끝까지 올라가는 종목이 어딨어. 내려가면 다시 잡으면 되지'라며 오만가지 생각을 하게 된다.

그런데 이 모든 의심과 행동하고 싶은 무모한 욕망을 견디고 꾹 참고 정말 오랫동안 지켜보다 보면 알게 된다. 잘 골라 놓은 좋은 종목이라면, 조금 흔들리건 많이 흔들리건 간에 결국 제자리를 향해 가고 있는 과정이란 걸 말이다. 생각만 해도 기쁘게 그냥 쭉쭉 하늘 높은 줄 모르고 올라가기만 하는 종목은 어디에도 없다. 코로나 위기로 모든 주식이 폭락했을 때, 덜컥 구글(알파벳 A)을 5주 샀었다.

지금은 상상도 못 할 싼 가격으로. 장기투자를 하자며 기다린 것까진 좋았는데, 녀석이 70퍼센트쯤 오르고 나더니 계속 제자리걸음을 했다. 살 때는 누구보다 강한 믿음이 있었는데, 그 계좌를 보면 볼수록 희한하게 믿음이 떨어져 갔다. 다른 작은 종목들(특히 IPO 종목들)은 이렇게 잘 오르는데 구글은 비싸서 너무 무거운 거 아닌가, 오를 때까지 다 오른 거 아닐까 초조했다. 그렇게 계좌를 자꾸 보다가 믿음이 바닥난 어느 순간 횡보하고 있는 녀석을 익절했다.

그리고 바로 다음 달부터 후회하기 시작했다. 쭉 횡보하던 녀석은 긴 횡보의 시간을 보상이라도 하듯 두 배가 넘게 훌쩍 튀어올랐다. 제 가격을 찾아가기 시작한 것이다. 나는 기다리지 못한 자, 보고 또 보며 믿음을 잃어간 자의 최후를 맛봐야 했다.

잘하는 사람을 괜히 중간에 내가 뭐라도 된 양 건드렸다가 좋은 작품 망친 꼴이다. 그냥 쭉 나날이 행복하게만 가는 인생이 없듯, 아무리 우량한 종목이라도 그냥 쭉 빨간불만 켜고 달리는 건 없다. 좋은 종목을 골라 장기투자를 하겠다고 마음먹었다면, 올랐다 내렸다 하면서 제자리를 찾는 녀석을 믿음으로 지켜봐주는 게 가장 큰 미덕이라는 걸 지금은 안다.

나처럼 조급증이 있거나 오르락내리락하는 걸 보면 못 참고 행동하고 싶어하는 성급한 행동파의 못된 습성을 가진 사람이라면 차라리 계좌를 분리해 진득하게 묻어둘 계좌를 갖는 게 낫다. 최근엔 비과세 혜택까지 있는 중개형 ISA계좌가 나왔으니, 이를 이용해보는 것도 좋을 듯하다. 3년까지 반강제적으로 돈을 묶어둘 수 있을 테니 말이다. 종목은 바꿀 수 있다고 해도 묶어두는 돈이라 생각하면 섣불리 이 종목 저 종목 떠돌며 사고팔지는 않지 않을까.

1년짜리, 3년짜리 은행 예금, 적금은 잘도 하면서 주식 계좌는 왜 가만 놔두질 못하는지 내 맘을 나도 모르겠다.

인생이든, 주식이든 흔들리며 제자리를 찾아간다. 크게 흔들리든 작게 흔들리든 흔들릴 때는 '지금 나는 제자리를 찾아가는 중이구나'라고 생각해야 한다. 그러면 뭐든 더 잘 참게 되는 것 같다. 이 또한 지나갈 것이므로.

불안이 계좌를
잠식하기 전에

몰입 : 무언가에 흠뻑 빠져 심취해 있는 무
아지경의 상태. 인생을 바꾸는 자기 혁명.

분명 몰입은 개인의 천재성을 일깨워주는 열쇠이며 우리 안
의 숨은 잠재력을 일깨우고 행복에 이르는 방법을 가르쳐준다고
했건만 아이러니하게도 주식 투자와 연애에 있어서만큼은 몰입
이 과해서 좋을 게 없는 것 같다. 적어도 내게는 그렇다.

지난해, '주식 열심히 사고파는데 수익률 꼴찌 20대 男'이란
보도가 화제였다. 주식 투자를 처음 시작한 20대 남성의 투자 수

익률은 전 세대와 성별 중에서 가장 낮은 데 반해, 회전율(주식 거래 빈도)은 가장 높았다는 얘기다. 그 기사를 읽으며 주식 생초보 시절 스무 장도 넘게 이어지던 월별 거래 내역서 목록이 떠올랐다. 그때 나는 어느 때보다 과몰입했다. 앉으나 서나 밥을 먹을 때나 잠을 잘 때나 주식 생각을 안한 적이 없었다.

줄기차게 미친 사람처럼 하루에도 십여 차례 주식을 사고팔던 그 시절, 내 수익률은 어땠나? 비록 20대 남자는 아니지만, 회전율이 높은 측면에서는 그들보다 더하면 더했지 모자람이 없었고, 통계는 웬만해선 틀리지 않으므로 내 계좌 역시 그들처럼 처참한 지경이었다. 버는 돈보다 증권사에 수수료로 지급하는 비용이 아마 더 많지 않았을까 싶다.

나는 장이 열리면 왜 거래를 하고 싶어 안달하는가? 회전율이 높을수록, 자주 사고팔수록 수익은 떨어진다는 조사 결과가 있음에도 이 명백한 사실을 앞에 두고도 왜 이러는가 말이다.

주식창은 빠져들면 들수록 무의식적으로 손가락을 놀려 매수와 매도를 누르게 설계되어 있는 것 같다. 어쩌면 도박장으로 사람들을 불러들이는 기계들의 원리와 비슷한 무엇이 주식 시장에 있다는 생각도 든다. 카지노에서 기계판이 오르내리며 동전들이 쏟아져 내리고 누군가의 환호가 간간이 여기저기서 들려온다면, 어떤 기분이 들겠는가. 나만 이렇게 못 따고 있나? 내가 좀 더

배포 있게 베팅했다면, 내게도 저런 운이 터지지 않았을까? 나도 저 떼돈의 주인이 될 수 있다! 곧! 하는 맘으로 쉼 없이 베팅하게 되지 않겠는가. 이런 원리가 주식판에도 작용한다.

보면 홀리고 홀리면 행동하게 되고, 행동하면 그 순간만큼은 아주 짜릿한 도박성 환각이 몰려온다. 과거 그 잦은 매수와 매도 안에는 분명 이런 측면이 있었다. 하지만 그보다 더 큰 이유는 불안함 때문이 아니었나 싶다.

나는 슬프게도 불안이 높은 인간이다. 호가창을 보고 있다 보면, 내 계좌에 담긴 종목 중 파란불을 켜고 있는 녀석들에 대한 의심이 스멀스멀 피어오른다. '이거, 뭐 잘못된 거 아냐?' 그 근거 없는 의심은 불안과 초조를 불러오고 불안과 초조는 퍼렇게 길이를 늘이는 주식봉과 여기저기 한소리 해대는 재야의 고수라는 이들의 억측과 뜬소문 속에 몸집을 키운다. 여기에 벌건 불기둥을 세우며 상한가로 치닫는 다른 종목들과 비교까지 들어가면 돌이킬 수 없는 길에 들어서게 된다. 후회라는 결과를 초래할 거래 버튼을 클릭하게 되는 것이다.

살면서 의심, 불안과 초조에 영혼이 사로잡혀서 좋은 결과를 얻은 적은 단 한 번도 없었는데도 불구하고 그런 결정을 하게 된다. 어쩌면 그게 인간의 본성일까? 가장 좋아하는 영화 중 하나인 〈불안은 영혼을 잠식한다〉가 떠오른다. 영화는 청소부 일을 하는

60대 독일 미망인과 젊은 외국인 노동자의 사랑을 다루는데, 남들이 다 욕하고 비난하는 상황에서도 공고하던 둘의 사랑이 막상 결혼 이후 주위 사람들의 비난이 잦아들자 오히려 균열을 일으키며 무너져 내리기 시작한다. 60대 독일 할머니는 외국인 노동자의 젊음과 활력에 불안을 느끼고 의심하고, 젊은 노동자는 독일에서 차별받는 자신의 신분과 입지에 불안을 느끼며 아내의 달라진 태도에 불만이 쌓여간다. 결국 불안은 서로에 대한 불만과 갈등을 키우며 둘의 사랑은 파국으로 치닫는다.

연애를 하면서 이 영화를 자주 떠올렸다. 상대가 연락이 잘 안 되거나 미심쩍은 태도를 보이면 의심과 불안이 커지며 혼자 별별 상상의 나래를 펼치며 스스로를 한껏 괴롭힌다. 그러다 결국 관계를 접어야겠다는 결론에 도달하고야 마는 절망적인 연애 패턴을 반복하며 말이다. 자존감이 낮고 욕망은 큰 사람에게 불안까지 찾아오면 결론은 파국뿐이다.

알랭드 보통은 책《불안》에서 '불안은 욕망의 하녀'라 했다. 다소 엉뚱할지 모르겠으나, 주식 투자를 하며 나는 종종 저 문장도 떠올린다. 단시간에 돈을 많이 크게 벌어야겠다는 욕망이 클수록 불안도 커진다. 그리고 그 불안은 단연코 실패와 손실이라는 친구를 불러온다. 불안이 얼마나 심각한 상황을 초래할 수 있는지를 수차례 계좌의 마이너스 수익으로 체험하면서 몇 가지 원칙을 세우게 됐다. 나라는 사람은 남들보다 욕망도, 불안도 큰 사람이다. 그러므로 감당할 수 있을 만큼만 투자를 해야 한다는 생각이다. 폭락에 대비한 현금은 불안이 크고 쫄보인 나 같은 사람에겐 필수다.

다음으로 두 개의 계좌를 만들었다. 자주 보는 일반 계좌와 덮어두는 장기투자 계좌를 만든 것이다. 10년, 20년은 돼야 장기투자라는데 이제 고작 2년이 되어가는 그 장기투자 계좌는 늘 확인하고 매수, 매도를 자주하는 다른 계좌보다 현재 수익률이 2배가량 더 높다. 회전율이 높을수록 수익은 떨어진다는 말을 증명이라도 하듯 말이다. 아직 팔지 않았으므로 결론을 내리긴 성급하다 싶기도 하지만, 그럼에도 두 개의 계좌를 만들고 냉전을 갖기로 한 나의 작은 실험은 어느 정도 성패가 나뉜 것 같다. 웬만한 폭락장에도 매수가까지 떨어지기는 힘들어 보이니 말이다. 재테크에 있어서는 어쩌면 공부보다 마음을 다스리는 게 더 중요한 것 같다.

불안이 계좌를 잠식하기 전에, 나를 더 알고 투자 성향을 찾아가기로 한 것은 정말 잘한 일이다. 사람은 고쳐 쓰는 게 아니라지만, 투자 방법은 자기 마음에 꼭 맞는 걸 찾기 위해 고치고 또 고쳐 나만의 방식을 찾아내는 게 꼭 필요하다. 이렇게 고치다 보면 또 누가 알겠는가, 노동이 아닌, 하늘이 내린 큰돈이 마구마구 붙는 팔자로 바뀌게 될지.

5장

일도, 투자도, 삶도
끝날 때까지 끝난 게 아니다

왜 돈 버는 일은
공부하지 않지?

일상생활에서 웬만해서는 무턱대고 뭘 시도하지 못하는 겁 많고 생각 많은 나는 희한하게 재테크에 있어서는 무턱대고 꽤 많은 걸 했다. 그 집으로 향하는 골목길에 벚꽃이 너무 흐드러지게 피어 있어서 감이 좋다며 무턱대고 집을 샀고, 대출에 발목 잡히는 게 싫어서 향후 주택 시장이 어찌 될지 가늠해보기도 전에 무턱대고 집을 팔았고, 주식 투자도 차이나 펀드 좀 해볼까 해서 무턱대고 계좌를 텄고 돈 좀 벌어보자며 무턱대고 종목들을 사고팔았다.

"이 종목 사? 말아? 지금 좀 오르는데 팔아? 말아?"

"유상증자가 뭐야?"

"ETF 말이야, 영업장 가서 사야 해? 그건 어떻게 하는 거야?"

"미국 주식은 어디서 사?"

전문가도 아닌 나에게 시도 때도 없이 문의를 해오는 친구의 모습은 딱 무턱대고 재테크를 해온 과거의 나를 닮았다. 친구의 물음에 아는 만큼 대답을 해주다가 언제부턴가 '검색해봐, 유튜브라도 봐봐' 하는 식으로 답을 미루곤 했다. 하루는 작정하고 물었다.

"공부 좀 해보는 게 어때? 기본적인 개념 정도는 알고 하는 게 낫지 않을까? HTS 사용법도 그렇고, 투자에 대한 기본적인 건 좀 알아보고 하는 게 좋을 거 같은데…. 책 보기 싫으면 기본 단어들을 포털에 검색도 해보고, 블로그도 읽고 차트 보는 법도 검색해보고, 유튜브도 잘 돼 있으니 좀 보고!"

친구는 말했다.

"공부하기 싫어."

"돈 벌고 싶다며? 투자하고 싶다며?"

"응, 근데 공부는 하기 싫어."

답답하다 싶지만, 그 마음 누구보다 내가 잘 안다. 나도 그랬으니까. 친구와 이야기를 하다 문득 궁금해졌다. 나도 그렇고 친구도 그렇고 물건 하나 사는 건 100원이라도 손해 안 보고 좋은 물건을 고르려고 몇 번이고 시간을 들여서 검색하고 꼼꼼하게 비교하고 따져보고 공부를 한다. 그런데 왜 큰돈 집어넣고 더 큰 돈 벌겠다며 욕망을 불태우는 재테크에 있어서는 이렇게 뭣도 모른 채 무턱대고 덤벼들까? 그냥 은행 예금, 적금 같은 거라고 생각해서? 돈에 집착하는 건 천박한 거니까? 그것도 아니면 어려워서? 사실 막상 해보면 기본 개념이란 건 딱히 그렇게 어려울 것도 없는데 말이다.

생각해보면 부동산 시장도 그렇고, 주식 시장도 그렇고 누군가의 돈을 먹는 일이다. 누군가가 내놓은 것을 내가 사는 것이므로 여기에는 반드시 손해 보는 사람과 돈 버는 사람이 존재할 수밖에 없다. 남의 돈을 먹겠다면서 일자무식에 감만 가지고 덤비는 게 얼마나 무모한 짓인가.

주식 시장은 전 세계의 고수들이 다 달라붙은 진짜 전쟁터다. 10억씩, 20억씩 벌었다는 주식 고수들도 얼마나 많은 세상인가. 그들이 감만 가지고 매수와 매도를 누를 리는 없지 않은가 말이다. 모르면 용감하다고 딱 그 짝이 아닌가 싶다.

어느 주식 전문가가 이런 말을 했다.

"주식 시장은 그 어디보다 무서운 전쟁터지만, 대결 상대가 보이지 않아 용감할 수 있다. 20년 넘게 세계 정세와 주식 시장을 공부해온 주식 초고수들이 판 주식을 내가 대량으로 구매한다고 생각해봐라. 얼마나 살 떨리는 일인지."

일자무식인 주제에 경험과 지식과 자본력까지 겸비한 상대와 함께 가지는 못할망정 그와 대립각을 세우며 그의 돈을 따먹겠다고 덤비다니…. 만약 빵빵한 배경에, 엄청난 실력에, 경험에, 정보력과 재력까지도 모두 겸비한 그가 눈앞에 있다면, 그래도 아무것도 없는 주제에 무턱대고 네 돈 한번 따먹어 보자며 덤빌 수 있겠는가?

아래는 우리처럼 공부 없이 덤비는 사람이 얼마나 많은지 궁금해져서 포털에서 검색해본 댓글들이다.

Q : 님들 주식 할 때 공부하고 함?
A 개미 : 나는 시작할 때도 매도 매수만 찾아보고 함!! 인생은 실전이지.
B 개미 : ㅋㅋㅋㅋㅋㅋ 나랑 똑같애 ㅋㅋㅋㅋㅋ.
C 개미 : ㅋㅋㅋ 매수는 사는 거 매도는 파는 거! 이러고 시작하고 ㅋㅋㅋㅋㅋㅋㅋ 나름 차트 쓱 보고 음, 오르겠네? 이러고 사고 ㅋㅋㅋ.

예전의 나처럼, 내 친구처럼 무턱대고 투자하는 사람이 참 많은 세상. 스트레스와 굴욕과 격한 노동으로 인한 피곤과 비난과 모욕까지 참으며 한푼 두푼 벌어들인 소중한 내 돈을 지키는 데 이렇게 무방비여도 될까? 엄청난 초고수인 그들이 항상 내 돈을 노리고 있는데 말이다.

고릴라를
키우기로 하다

혈안이 돼서 매일 같이 HTS를 열어보고 하루라도 거르면 안 된다는 열정으로 매일 매일 주식 매매를 하다 보니, 이것도 어느 순간 번아웃 비슷한 게 왔다. 주식 투자에 번아웃이라니 웃기는 얘기 같지만, 온다. 이게 뭐 하는 짓인가 싶고, 다 보기 싫고, 짜증이 나고, 해서 뭐하나 싶고, 남들 건 오르는데 내 것만 계속 제자리인 걸 보면 속이 터지고…. 마냥 눕고만 싶고. 뭐든 과하게 열중했는데 성과가 지지부진한 경우에는 이런 마음의 병이 찾아오는 것 같다.

그렇게 늘어져 있다가 지인의 권유로 《고릴라 게임》이라는 책을 알게 됐다. 20여 년 전에 나온 책인데, '첨단 핵심 기술 분야의 발전 방향과 흐름을 이해하여 그 속에서 어떻게 높은 수익을 얻을 수 있는가를 알려주는 책'이라고 소개되어 있다. 쉽게 말해 기술주들 가운데 진짜 대체 불가능한 기술을 가진 고릴라가 될 가능성이 있는 종목을 찾아 대박을 터트리자는 이야기다. 잘되기만 하면 더없이 좋을 방법을 습득하는 기초 지식을 알려주는 책이랄까.

예를 들어 이런 식이다. 시장이 초고성장으로 옮겨가는 분야를 발견한다. 예를 들어 전기차나 메타버스, 신기술을 가진 헬스케어 같은 류가 될 수 있겠다. 그리고 그 분야에서 독보적인 기술을 보유한 고릴라가 될 수 있을 것 같은 회사의 주식들을 바구니에 담는다. 이후 유심히 지켜보며 그중에서 알곡과 쭉정이를 골라낸다. 순간의 등락에 연연하지 않고 쭉정이는 처분하고 고릴라가 될 가능성이 있는 기업에 점점 집중한다.

그리고 그 고릴라를 장기 보유한다. 보유 시, 대체기술이 나온다거나 더 탁월한 가능성이 보이는 기업이 나올 경우는 판다. 책에서 소개된 내용은 대충 뭐 이런 식이다. 기술수용 주기라든지 캐즘이라든지 마케팅적인 측면이라든지 하는 처음 듣는 용어와 어려운 개념들도 나온다. 핵심은 대체 불가의 독보적 기술을 가진 싹수가 보이는 잘될 놈을 잘 골라 그 녀석이 지금 첨단기술 시장의 어디쯤 걸어가고 있는지를 파악한 후, 예의 주시하다가 녀석이 시장 지배력을 강화하고 다른 경쟁자들을 물리치고 독보적인 사리에 올라 내박을 터트릴 때를 기다리자는 이야기다.

재밌는 개념이었다. 지인은 '한글'도 대표적인 고릴라라고 설명했다. 초창기엔 인기 없고 주목받지도 못하는 대체 불가의 독보적 기술력을 지닌 문자였지만, 점차 그 기술력과 마케팅으로 대중의 지지를 확보하고 첨단기술들이 걷는다는 여러 기술수용 주기 단계들을 거쳐 지금은 모두가 사용하는, 없어서는 안 될 대체 불가의 자리에 오른 최고의 고릴라라는 거다.

장기투자를 하겠다면서 매번 이랬다저랬다 팔아 치우고는 후회를 하는 나쁜 패턴을 깨기 위해 미국 주식 중 고릴라가 될 재목을 골라보기로 했다. 첨단기술 하면 미국이 아닌가 싶기도 했고, 잠 많은 내가 미국 장의 등락을 지켜보며 샀다 팔았다를 할 재목은 못 되므로 뇌동매매할 가능성도 적고, 쭉 지켜보고 키우기에 적당할 것 같았다.

구글(알파벳)을 지금은 상상도 못한 가격에 샀다가 끝까지 키우지 못하고 중도에 남에게 넘겨버린 아픈 실패를 교훈 삼아 굳은 결심으로 가능성 있어 보이는 종목 몇 개를 고르고 계좌에 넣었다.

5개월 전 이야기다. 그리고 결과적으로 나의 예측은 맞아가고 있다. 잠 많은 내가 장중에 미국 주식을 사고팔 리 없다는 예상이 적중했다. 아무리 장중 폭락을 하든 폭등을 하든 자느라고 다음 날 장이 끝난 후 확인할 수밖에 없으니 웬만해서는 충동 매매로 후회할 일은 없었다. 지금껏 유지되고 있는 고릴라 양성 계좌는 그래도 제법 잘 자라고 있으니 참 다행이다. 그러고 보면 수익을 내는 데 가장 큰 적은 괜히 조바심을 치면서 되지도 않을 대응을 하려고 드는 '내'가 아닌가 싶다. 주적은 결국 나였다.

하면 할수록 주식에 대해서도 일정 정도의 거리 두기가 필요하다는 생각이 든다. 고릴라 키우기는 주식뿐 아니라 인생에도 적용되는 이론이 아닐까 싶다. 주식에는 거리를 두고 나 자신과 좀 더 가까워질 필요가 있겠다는 생각도 하게 됐다. 워런 버핏의 10가지 교훈 중에 '자신에 투자하라'라는 말도 있지 않은가. 절대 잃지 않을 투자는 자신에 대한 투자다. 내가 가진 것들을 잘 들여다보고 가능성 있는 예비 고릴라들을 선정해 모으고 키우고 대박을 터트리는 실험을 해야 하지 않을까. 재능이건 실력이건 경험이건 내가 가진 것 중에도 분명 고릴라가 될 뭔가가 있을 테니 말이다.

이런저런 투자에 관한 책을 보다 보니 삶에 정답이 없듯 투자에도 정답이 없는 것 같다. 자신의 성향을 알아 감당할 수 있을 만큼의 투자를 하고, 수익과 손실을 유지하고, 꾸준하게 공부하며 때로는 철저한 계획하에 과감하게 지를 용기를 가지는 것. 너무 뻔한 얘기지만 이를 실행해가는 게 답이 아닌가 싶다. 인생이든, 투자든 답은 늘 뻔한 곳에 있다. 실행하기가 어려워 그렇지. 아는 만큼 실천하기! 앞으로는 그렇게 해볼 생각이다. 내 고릴라들이 잘 자라기를 바라는 마음으로.

나쁜 습관이
계좌를 축낸다

"아…. 그때 해야 했는데…."

"아는 걸 해야 했는데…."

매번 하는 후회의 말들이다. 매번 반복하는 후회! 그 말 속에는 대개 자신의 나쁜 습관이 녹아 있다. 나는 미루기 대장이다. 시간이 딱 정해져서 그때까지 끝내지 못하면 금전적이든 인간적인 부분이든 치명타를 입는 일이 아니라면 가능한 미룰 수 있을 때까지 미룬다. '사는 데 별 지장이 없으니까'라고 핑계를 대보지만, 당장 눈에만 안 보였다뿐이지 시간이 지나고 보면 결과적으로는 같다.

차를 사놓고는 20년 동안 운전을 미뤄 결국 주행거리 4,000 킬로미터가 안 되는 채로 후배에게 차를 넘겼다. 살 때는 수천만 원이나 하던 것을 주차장에 묵히다가 결국엔 엄가에 처분한 것이다. 아껴서 똥 만든다는 말은 이걸 두고 한 얘길 거다. '이럴 거면 사지 말았어야지'라며 그렇게 후회를 하고 나서는 제 버릇 개 못 준다고 또 먹을 걸 한 상자나 사놓고 유통기한 넘기기 전에 다 먹어야 한다며 닥쳐서 꾸역꾸역 억지로 먹고 있다. '미리미리 먹을 걸' 하고 후회하면서 말이다.

돈에 대한 탐심이 커진 요즘에는 '왜 그때 투자에 관심을 두지 못했을까?'라는 후회를 자주 한다. 그때! 2009년 그 프로그램을 만들 때, 내가 했던 일은 지금 돌이켜보면 애널리스트를 비롯한 주식 전문가들이 한다는 바로 그 기업 탐방이었는데 말이다. 2009년부터 1년간 세계 시장을 제패한 '숨은 1등 중소기업, 히든 챔피언'들을 취재하는 기업 관련 프로그램을 만들었다.

기업의 성공 DNA를 찾고 기업의 역사를 통해 저력을 밝혀 보자는 취지로 만든 프로그램이었는데, 매회 일류 기업이라 정평이 난 기업들을 방문해 온종일 각 부서 직원들을 인터뷰하고 대표님을 만나 인터뷰했다. 그리고 공장도 둘러보고 탐방을 한 다음, 며칠 동안 자료를 찾고 부족한 부분을 전화 취재로 보충해 1시간짜리 프로그램을 만들었다.

방송 전후로 짧게는 며칠 동안 길게는 한 일주일 정도 주가 변동이 있어서 당시 제작진들은 주식 투자를 하지 않겠다는 서약서를 쓰기도 했다. 서약서를 쓰나 마나 나는 별 상관이 없었다. 기업 프로그램을 만들면서도 주식 투자에는 관심이 없었기 때문이다. 투자 마인드가 1도 없었던 셈이다. 나는 간혹 부장님, 차장님이 이 기업이 좋네, 크게 될 거네, 이러니저러니 말씀하셔도 별 관심이 없었다. 방송 전후 '주가가 크게 올랐네, 주식 살걸 그랬다'라는 말을 듣기는 했으나 한 귀로 흘리며 그때그때 해야 할 일들에 빠져 있었다.

그렇게 세계 최고의 기술을 가졌다고 두루 공인된 기업을 찾아가 샅샅이 둘러보고 전화 취재하고 대표님까지 만나 인터뷰해 귀한 정보를 얻었는데 말이다. 지금 생각해보니 그런 기회가 또 언제 올까 싶다. 그렇게 열심히 공부했던 기업들에 대한 정보들을 10년 넘게 묵혔다. 아무것도 하지 않고 오래 묵힘으로써 똥을 만든 것이다. 저절로 발효되는 기적은 일어나지 않았다.

10년여가 지나고 돈에 대한 탐심으로 주식 계좌를 다시 열었을 때, 그때 취재했던 기업들이 생각났다. 각 부서의 직원들을 두서너 시간씩 인터뷰하고 대표님을 만나고 회사를 두루두루 둘러보다 보면, '이 기업은 뭔가 다른데, 잘되겠다'라고 생각되는 기업이 투자의 '투' 자도 모르는 미개한 일반인의 눈에도 띈다.

"이 기업은 요즘 어떻게 잘되고 있나?"

기업의 이름을 주식 창에 쳐본다.

"아, 그때 할걸…."

클릭과 함께 탄식과 후회가 터져 나온다. 대표님의 저력이 느껴지던 모 기업은 6,000원이던 주가가 14,000원이 되었고, 직원들 분위기가 특별히 좋아 눈이 갔던 기업은 방송 후에 상장해 2배가 넘게 뛰었고, 기술력이 남달라 장래가 창창하다 느꼈던 기업은 7,000원이던 주가가 140,000원이 되었다. 시대가 변했고 10년이 넘었으니 주식이 오르는 거야 당연한 이치라 해도 이렇게나 크게 올랐을 줄이야. 놀랐고, 후회됐다.

'방송 끝나고도 좀 지켜볼걸, 예금한다 생각하고 믿음이 가는 기업들에 조금이라도 투자했으면 좋았을 텐데….'

매회 방송을 만들 때마다 논문을 쓰는 심정으로 취재를 하고, 안 굴러가는 머리를 열심히 굴려 아이디어를 짜고 그렇게 시간을 들여 정보를 모으고서는 끝나고 나면 알코올과 함께 공기 중에 산화시켰다. 잊어야 또 다른 걸 채울 수 있다는 말도 안 되는 소리를 해대면서 말이다. 무엇을 위해서건 공부해둔 건 다른 곳에도 나름의 쓸모가 있다. 그리고 그것들을 버리지 않고 활용할 방법을 생각해보는 것도 그렇게 열심히 공부했던 자신에 대한 존중일지 모른다.

이제는 못된 습관들을 좀 고쳐야겠다. 대책 없이 미루기만 하는 습관과 함께 애써 공부한 정보를 굳이 알코올로 산화시키거나 오래 묵혀 쓸모없이 만드는 습성을 말이다. 그때 했더라면 한껏 통통해졌을 계좌를 떠올리며 가슴 아파하는 대신 지금이라도 고치는 것이 미래를 위한 투자가 될 거다.

잘될 놈은 뭘 해도 잘되고, 기술력 있고 저력 있는 기업은 많이 올랐다고 생각한 순간 더 높이 상승 엘리베이터에 올라탄다. 주식 격언에 '달리는 말에 올라타라'는 말은 이럴 때 쓰라고 있나 보다. 늦었다 생각되는 지금이라도 시작하자! 잘될 놈은 놀고 있지 않으니. 정신 차리고 시작하자.

부자의 조건을
생각하다

　　　　"저기 좀 잠깐 서 봐. 로또 명당이라고 쓰여 있는 곳. 이번 주에 로또 못 샀어."

"담에 사. 바쁜데."

"안 돼 꼭 사야 해. 이번 주 거 못 샀단 말야."

"한 주 못 산다고 죽냐?"

매주 다른 건 몰라도 로또는 꼭 산다는 친구. 그것도 이 로또 명당이라는 곳에 가서 사야만 한다나 뭐라나. 로또를 비롯한 복권 같은 걸 사본 기억이 열 손가락에 꼽힐 정도로 드문 나는 처음 그 로또 명당이란 곳에 가득한 사람들의 남다른 열정을 보고 놀랐다. 이게 뭐라고 저렇게까지 진지하게들 그러실까.

아니다. 생각해보면 저리 진지해야 맞는 걸 수도 있다. 많으면 50억, 적어도 20억가량의 돈을 한방에 벌 수 있는 일인데 저 정도 진지함은 있어야지 않겠는가. 그러고 보면 나는 로또 2등 당첨자를 만난 적이 있었다.

TV에서가 아니라 실물을 직접 영접했다. 처음엔 그가 2등 당첨자인 줄도 몰랐다. 그냥 그 동네 땅 부자라고만 생각했다. 걸어도 걸어도 모두 그 분의 땅이라기에 대체 정체가 뭔가 했다. 원래 금수저이신가? 아니면 어디 개발된 땅이라도 갖고 있다가 고가에 팔았나 생각했는데 술자리에서 우연히 그 분의 지인이 비밀이라며 그 놀라운 부의 시작, 그 비밀을 털어놓았다. 당시 한 2억쯤 되지 않나 싶다는데 그 돈을 종잣돈 삼아 지금의 부를 이루셨다는 거다.

로또 1, 2등 당첨자들은 잠시 잠깐 벼락부자가 되었다가 종국엔 빈털터리로 귀결되는 수순을 밟는 줄만 알았다. TV 다큐멘터리나 매거진 프로그램에서 로또 당첨자의 뒤를 추적하고 나면 꼭 종국에는 그런 결론에 이르기에 다 그런가 보다 생각했다. 그게 다 노력 없이 번 돈이 얼마나 허황한 것인지를 보여주겠다는 의도를 가지고 제작한 국민 계몽 프로그램이었나 싶었다. 의심을 더해 그 지인에게 물었다.

"로또 당첨자들은 거의 끝이 안 좋은 것 같던데 어떻게 그 분은 이렇게 잘되셨대요?"

"모르긴 몰라도 1등이 아니어서 그런 거 아닐까요? 사실 2억 넘는 돈이 큰돈이라면 큰돈이지만 또 아니라면 아닐 수도 있는 돈이니까요. 한번에 훅 한 50억쯤 손에 들어오면 기존 생활 방식도 다 버리고, 흥청망청했겠죠. 또 주변에서도 그렇게 큰돈 들어온 건 모를 수 없으니 달라고들 손도 벌리고 그랬을 텐데 이 분은 거액은 아니어서 그랬나 처음엔 주변에서 아무도 몰랐다니까요. 평소처럼 하던 일 계속하며 그냥 뒤에서 땅문서만 조용히 사 모은 거니 누가 알았겠어요. 지금도 로또 맞은 얘기는 잘 안 하려고 해요. 복 달아날까 그러나."

"실속 있네요. 그런데 로또 당첨 비결은 뭐래요?"

"꾸준히 샀잖아요, 지금도 매주 살걸요."

"아하, 꾸준함."

그러고 보니 내가 아는 모든 부자에겐 꾸준함이 있었다. 로또 같은 하늘의 행운을 바라야 하는 일에도 이 꾸준함이라는 게 중요하다는 걸 새삼 깨닫는다.

꾸준함, 어렵지만 달성하고 나면 그 성과는 놀라운 것이 된다. 취재차 강릉 모정탑길을 돌아본 적이 있다. 인적없이 고요한 산에 길이 500미터가 넘는 계곡을 따라 어른 키 높이의 돌탑 수천

개가 촘촘히 쌓아 올려져 있었는데, 그 엄청난 걸 전부 한 어머니가 쌓은 거라고 했다.

남편이 원인 모를 병에 걸리고 자녀도 병으로 죽고 우환이 끊이지 않았는데 돌탑 3,000개를 쌓으면 가족이 평안하다는 꿈을 꾸고 계곡으로 들어와 움막을 짓고 26년간 이 돌탑을 쌓았다고 했다. 한 사람이 그렇게 많은 돌탑을 세울 수 있다니 그저 놀랍기만 했다.

꾸준함에 있어서는 타의 추종을 불허하던 어린 시절 친구가 생각난다. 친구들 사이에서 저축의 여왕으로 불리던 그녀는 틈만 나면 은행에 가는 게 취미였다. 당시에도 인터넷 뱅킹 폰뱅킹으로 창구를 굳이 찾아가지 않아도 쉽게 은행 업무를 볼 수 있었던 시절이었음에도 그녀는 일주일이면 두세 번은 꼭 은행을 찾았다.

"가서 뭐 하는데?"라고 우리가 물으면 그녀는 "은행원들이랑 상담해. 새로운 상품이 뭐가 나왔는지, 내가 지금 넣고 있는 상품들이 잘 운용되고 있는지 보는 거야"라고 했다. 마치 친구네 집에 놀러 갔다 왔다는 식으로 가볍게 얘기하곤 했다. 그녀는 은행 이벤트, 새마을금고나 농협의 행사 등에 적극적으로 참여했다. 지역 유지도, 농부도 아니면서 말이다.

한번은 그녀가 사람들과 지방으로 행사를 간다고 했다. 우리는 그때 한창 미팅이나 소개팅에 열을 올리고 있었을 때라 이 청

춘의 흥미진진한 만남을 마다하고 선약이 있다고 하니 대체 어떤 사람들과 동행하는 건지 궁금해졌다. 어떤 사람들이냐고 묻는 우리에게 그녀는 새마을금고 사람들이라고 했다.

> **우리** : (의구심을 가득 담아) 새마을금고 사람들? 친해?
> **그녀** : 잘 몰라, 알아보려고 가는 거지.
> **우리** : (희한하다) 왜 알아보는데? 왜 가는데?
> **그녀** : 준조합원 행사야.
> **우리** : 준? 준? 뭐라고??

당시에 경제 관념이라곤 제로에 가까웠던 우리가 보기엔 그녀가 영 별나 보였다. 잘 알지도 못하는 새마을금고 사람들이랑 왜 지방 행사를 가는지 의아했다. 그런데 지금 생각해보면 소개팅 미팅과 새마을금고나 농협 행사에 참여하는 게 무슨 차이가 있나 싶다. 소개팅, 미팅도 그렇고 금융권 행사도 그렇고 누군가를 알아보러 나가는 자리가 아닌가 말이다. 차이가 있다면 우리는 연애할 상대를 알아보러 다녔고, 그녀는 돈 벌 상품을 알아보러 다녔다는 것 정도가 아닐까.

그녀의 그런 유별남(아니 지금 생각하면 특출남이었지만), 그런 특출남이 빛나는 결실로 드러난 것은 대학 졸업 후 5년 만의 일이었다. 계좌에 구멍이라도 난 듯 쥐꼬리만큼 번 돈을 카드사에 모두 바치고 있던 사회초년병인 우리에게 1억이 넘는 돈이 모인 그녀의 계좌는 큰 충격을 안겨주었다.

억대의 종잣돈에 모두 부러움과 놀라움으로 입을 쩍 벌릴 수밖에 없었다. 꾸준히 은행에 가고, 꾸준히 투자 상품의 정보를 모으고 은행원들과 부자 고객들에게 재테크 정보를 얻어듣는 게 그렇게 큰 수확으로 나타나다니 말이다. 경제 관념이라곤 1도 없었던 우리들은 상상도 할 수 없는 일이었다.

1억이 넘는 돈이 당당히 찍힌 그녀의 계좌를 본 후, 우리는 모두 입을 모아 앞으로 우리도 은행을 제집처럼 오가리라, 은행원을 친구 삼으리라, 각종 상품에 대한 정보를 머릿속에 차곡차곡 저장하리라 다짐했다. 하지만 우리의 조급하기만 했던 굳은 결심은 채 석 달을 못 넘기고 모래성처럼 서서히 무너져 내렸다.

다들 꾸준함을 열망하지만 막상 해보면 꾸준히 한다는 것만큼 어려운 건 없다. 그래서 사람들이 다 부자가 되는 유토피아는 오지 않는가 보다. 결국엔 잘될 거란 강한 믿음이 있거나, 아니면 필연적으로 잘 될 수밖에 없는 결과를 미리 알고 시작해야 꾸준히 뭔가를 시도하는 게 비로소 가능해진다.

그런데 대개 모든 시작은 될지 안 될지 몰라 무섭고, 끝이 보이지 않는 것이지 않은가 말이다. 그러다 보니 중간중간 원하는

부자의 조건을 생각하다

성과가 빨리 나오지 않는다고 끝이 보이지 않는다고 쉽게 내팽개치기 십상이다.

은행을 친구 집마냥 들락거리던 그녀를 떠올리며 부자의 필수 덕목인 꾸준함에 대해 생각해본다. 그리고 어느 때보다 진지하게 로또 번호를 골라 색칠하는 친구의 어깨에 살짝 손을 얹어 응원의 메시지를 전한다.

'뭐라도 꾸준히 하는 네가 참 보기 좋다.'

잘나가는 CEO들!
그들의 말, 말, 말

투자라는 걸 시작하니 '좋은 기업이란 무엇인가? 좋은 경영자란 어떤 사람인가?'라는 의문이 생긴다. 이왕이면 능력 있고 윤리적이고 사회적 문제에도 관심이 많은 리더가 경영하는 누가봐도 모범적인 기업이 잘됐으면 좋겠다 싶고, 그런 기업에 투자하면 내 투자 수익도 더 높아지지 않을까 싶기도 해서다. 방송 프로그램을 런칭하는 데도 어떤 리더가 팀을 이끄느냐에 따라 같은 아이디어라도 좋은 프로그램이 되기도 하고 나쁜 프로그램이 되기도 한다. 물론 이미 그 프로그램이 어느 정도 궤도에 올라 꾸준히 좋은 반응을 얻고 있다면 웬만해서는 어떤 리더라도 쉽사리 망치기 어렵겠지만 자리를 잡을 때는 리더의 생각과 판단이 무엇보다 중요하다.

일일이 산섭하고 통제하고 자신의 공을 과시하는 그런 리더가 아니라 팀원들을 믿어주고 모두 혼란스러워할 때 방향성과 큰 줄기를 잡아주고 말도 안 되는 이야기를 하는 더 큰 권력과 싸울 용기가 있는 리더가 좋은 리더라고 생각한다.

과거 기업 관련 프로그램을 만들 때 만났던 여러 오너들 중에서도 '이런 대표가 경영하는 회사라면 잘 되겠다'라고 생각했던 회사들이 몇몇 있었다. 10년 전 일이다 보니, 그 회사들이 어떻게 달라졌는지 눈으로 확인할 수 있게 되었는데 돌이켜보면 과거 내 생각이 틀리진 않았구나 싶다. 특히 기억에 남는 몇몇 대표의 말을 옮겨본다.

"부모가 자기 아들딸을 데리고 오는 회사를 만들고 싶습니다."

어떤 회사를 만들고 싶냐는 질문에 한 대표님이 하신 말씀이다. 자식을 데려올 정도라면 직원 복지나 월급이나 여러 면에서 꽤 좋은 회사일 수밖에 없다. 영리를 목적으로 하는 것이 기업의 속성이다 보니, 직원보다는 돈 버는 일에 더 열중할 수밖에 없고 그러다 보면 당장은 돈 안 되는 것처럼 보이는 일에는 눈 감아버리는 게 현실이다. 군이 기업 현장에서 일어나는 가슴 아픈 참사들을 예로 들지 않더라도 사람보다 이윤이 우선인 그런 예는 쉽게 찾을 수 있다.

방송 업계에도 크고 작은 프로덕션들이 난립해 있다. 개중에는 직원들 일 시켜놓고 돈을 떼어먹거나 원래 얘기했던 금액보다 덜 주려고 별 트집을 다 잡는 회사들이 꽤 있다. 그런데 확실한 것 하나는 이런 업체들이 길게 승승장구하며 잘되는 꼴을 단 한 번도 보지 못했다는 것이다.

이른바 먹튀가 아닌 다음에는 초반에 잘되는 듯하다 결국 없어지거나 궁상맞게 계속 인력을 구하고 또 구하며 어렵사리 유지하는 게 고작이다. 플랫폼 기업이나 방송 업계나 좋은 인력이 모여야 좋은 아이디어가 나오고 한발 앞선 독창적인 결과물도 나오는 것 같다. 물론 자본의 힘으로 밀어붙인다면 못할 것도 없다 싶긴 하지만 장기적으로 그게 가능할까 하는 의문이 든다.

"약해 보이니 다들 도와줍디다."

'회사가 이렇게 잘 성장한 비결이 뭘까요?'라고 물었더니 다른 한 중견기업 대표님이 하신 말씀이다. 커다란 사무실, 큰 책상에 둘러싸여 다소 왜소한 느낌이 들던 대표님의 그 말이 처음엔 농담처럼만 들렸다. 하지만 기업의 흥망성쇠에 대한 몇 시간의 인터뷰를 하고 나니 왜 그런 말씀을 하신 건지 그 속뜻이 이해될 것도 같았다.

아무도 믿어주지 않던 시절, 국산화 기술에 성공하고 화려하게 부상한 작은 반도체 기업은 화려하게 부상한 만큼 지독한 구설에 시달렸다고 했다. 소문은 또 다른 소문을 만들고 그런 소문들은 결국 회사 직원들 사이로까지 스며들어 균열을 만들어냈다 했다. 직원들은 빠져나가고 회사는 휘청이고, 해외에서 동업자를 찾지 않으면 회사를 지켜낼 수 없겠다는 생각을 하게 된 대표님은 작은 나라, 작은 기업의 대표로 온갖 모욕과 수모를 받으며 동업자들을 찾아다녔다. 여러 차례 모욕적인 언사와 거절의 말들을 들은 후 하게 된 생각이 이렇게 수모를 받을 바엔 돌아가서 바닥부터 다시 내 나라, 내 직원들과 함께 시작하자는 것이었다고!

"하나의 일을 완성하기 위해서는 많은 사람들의 노력이 필요하죠. 혼자서 다 하려고 하면 하나도 제대로 못 하고 실패할 가능성이 높아요. 내가 가장 잘할 수 있는 것에 집중하고 나머지는 그 부분을 가장 잘 아는 주위 사람의 도움을 받아야 해요."

혼자만 강해서는 얻을 수 있는 게 적다는 교훈을 알려준 이야기이기도 했다. 대표님의 '약해 보이니 다들 도와줍디다'라는 말은 어쩌면 모나고 날카로운 모서리들을 깎아내고 사람들과 협력

하는 방법을 찾아냈다는 뜻이 아닐까 싶다.

10년이 지난 이야기지만 힘들 때마다 이 말을 떠올리곤 한다. 실제 가진 건 아무것도 없으면서 겉으로 세 보이기만 하는 게 얼마나 마이너스를 초래하는 일인지 깨달은 후로 더더욱 그렇다.

외유내강! 밥 먹듯이 하는 이야기이지만 사회생활을 하는 데는 이 외유내강의 인간형으로 자신의 이미지를 메이킹하는 게 필요하다. 생긴 거로 보나 말투로 보나 행동으로 보나 센 여자의 전형인 나는 그로 인한 손해를 감내하며 산다.

물론 장점도 있긴 하다. 한 선배는 '넌 세 보이니까 아무도 섣불리 안 건드리잖아'라고 한다. 그건 맞는 얘기다. 돈 밝히고 세 보이는 작가 이미지를 구축했기에 누가 섣불리 공짜로 기획안을 써서 달라거나, 폭력적이고 못됐다고 소문난 어느 누구도 내 얼굴에 원고를 던진다든가 하는 말도 안 되는 짓을 하는 일은 없었다. 하지만 장점은 그게 다다.

겉으로 독하고 세 보이는 이미지는 사람들에게 암묵적으로 알 수 없는 거부감과 '혼자서도 알아서 잘하니, 너 알아서 해'라는 식의 반응을 불러 일으킨다. 센 이미지를 가진 당사자도 핸디캡을 갖는다. 아무리 버거워도 '나 지금 너무 힘들어. 도저히 못 견디겠어'라며 선뜻 손 내밀지 못하는 것이다. 센 척하며 협력하지 못하는 리더는 둥근 모서리 덕에 개성 강한 직원들을 여럿을 데려가는 리더의 능력을 따라잡기 어렵다.

한 신문에서 연예계 주식 부자라는 전원주 씨가 주식을 사기 전에 그 회사 대표를 비롯해 주요 임원들 관상부터 본다는 기사를 본 적 있다. 관상은 잘 모르겠지만 그 기업의 대표가 어떤 생각을 하며 회사를 경영하는지 아는 건 투자에 있어서도 중요한 일인 것 같다. 리더의 마음가짐은 의외로 쉽게 동업자나 직원들에게 읽혀 그 열정을 공유하게도 하고 밀어내게도 하니까 말이다.

모든 일은 사람에게서 시작되고 사람에 의해 키워진다. 어떤 사람들이 모인 곳인지 그 리더가 어떤 생각을 하는지 판단하는 것은 그 기업의 성장 여부에도 크게 영향을 준다고 믿는다.

제품에 대한 열정이 강박에 가까울 만큼 컸고 큰 그림을 보고 동기를 부여하는 능력이 탁월해 열정을 공유하게 하는 힘도 남달랐다는 스티브 잡스, 그가 만든 제품이 내 책상 위도 부족해 손바닥 안까지 점령한 가장 큰 이유 중 하나는 분명 그가 생전에 가졌던 경영자로서의 가치관과 신념에 생각에 있다고 나는 생각한다. 돈을 벌려면 돈 아닌 다른 것을 볼 줄도 알아야 하는 것 같다. 그래서 10년 전 그 대표님 이런 말씀을 하셨나 보다.

"돈만 보면 오히려 돈이 안 보입니다."

잠시 멈춤,
끝날 때까지 끝난 게 아니다

한밤중 초행길을 운전하다 보면 사방은 어둡고 네비게이션은 계속 말을 안 듣고 나는 같은 길만 계속 돌고 도는 것 같은 생각이 들 때가 있다. 10년 넘게 운전이란 걸 했지만 도통 익숙해지지 않는 나 같은 사람은 이내 '네비게이션이 바이러스라도 먹었나', '흑마술에 걸려 계속 한 곳만 돌고 있는 거 아냐' 하는 당치도 않은 생각에 빠져든다.

한마디로 이성을 잃었다는 이야기다. 이성이 살아 있는 상태라면, 제정신 돌아올 때까지 모든 결정을 멈추고 잠시 쉬려고 할 것이다. 하지만 이성을 잃은 상태라면 멈추기는커녕 답을 찾겠다면서 더 빨리 더 자주 이리 가보고 저리 가보고 온갖 길을 헤매며 지쳐 나가떨어질 때까지 질주를 멈추지 않게 된다.

투자가 무서운 것도 이럴 때나. 어떤 종목을 두자하고 그 종목이 하염없이 내려 멘탈이 붕괴된 상태로 뭔가 결정을 했다가는 열이면 열, 후회한다. 하락장이 계속되면 사람마다 반응은 좀 다르겠으나 나는 짜증부터 난다. 미치도록 올라오는 짜증에 휩싸여 자주 '세상만사 다 귀찮다'며 매도 버튼을 누른다. 그리고 나서는 아예 주식 시장은 쳐다보지도 말아야 하는데 문제는 그러고선 또 주식을 한다는 것이다! 다 귀찮다면서 말이다.

우스운 일이다. '투자는 평생 해야 하는 거야'라는 말을 맨날 반복하면서 하락장이 이어지면 냅다 팔아버리고 길게 보아야 한다는 생각은 저 멀리 안드로메다로 보내버리는 것인가?

이런 후회를 오래 반복하다가 '잠시 멈춤'이라는 걸 해보기로 했다. 일이 나빠지면 나빠질수록 해결책을 찾겠다면서 돌진하고는 결국 깨지는 패턴을 바꿔보기로 한 것이다. 짜증에 휩싸여 뭔가를 결정하지만 않아도 후회는 덜할 것이다. 적어도 이성적으로 판단하고 결정하게 될 테니까 말이다. 일해서 돈을 버는 것에도, 주식 투자에도 잠시 멈춤이 필요하다.

중견 성우 한 분이 생각난다. 주말에는 절대 일하지 않는다는 철칙을 단호하게 지키던 분이셨다. 아무리 사정을 해도 성우료를 높여도 절대 주말에는 일하지 않는다고 단호하게 거절하는 그분을 보며 항상 노동에 치여 밤낮없이 일해야 했던 프리랜서 작가들은 '우리는 언제 경력 쌓고 능력 키워 저렇게 될 수 있을까?' 하며 부러워했던 기억이 난다.

그런데 능력 있고, 경력도 훌륭해 최고의 인기를 구가하는 사람이 된다고 아무나 그렇게 잠시 멈춤을 할 수 있는 건 아니다. 잘되고 나서는 멈추는 데 더 큰 용기가 필요하다. '조금만 더 하면 큰돈을 버는데, 더 인기를 얻을 수 있을 것 같은데, 돈은 벌릴 때 더 땡기는 거지. 지금 안 벌면 언제 벌어' 하는 생각에 일을 쉽게 놓지 못하는 것이다.

한 지상파의 책 프로그램을 할 때 통찰력과 지식을 겸비한 여러 명사를 만났다. 그중에는 연예인만큼이나 언론에 자주 등장해 대중과 소통하는 분도 계셨다. 방송인들만큼이나 방송을 잘 알고 잘하기도 하셨던 그분들은 당시에는 최고의 페이를 받고 누구보다 인기도 높고 일도 많았다.

그렇게 전성기를 누리다 어떤 분은 쭉 방송일을 하며 프로그램을 늘렸지만, 어떤 분은 지금부터 좀 쉬겠다며 모든 방송을 접고 다시 자신의 분야로 돌아가 공부를 한 분도 계셨다. 잠시 멈춤을 아는 사람과 모르는 사람은 시간이 지날수록 더 큰 차이를 보인다고 나는 생각한다. 방송일을 오래했지만, 방송판만큼 인정사정 볼 것 없이 사람을 쓰고 잘 버리는 데가 없다. 달면 삼키고 쓰면 뱉는다는 게 딱 이 판의 속성이다.

전문 방송인처럼 잘한다고는 하지만 명사들은 전문 방송인은 아니다. 새로운 지식이 꾸준히 계속 공급돼야만 가치가 높아지는 출연자인 것이다. 비록 그들이 진행자 역할을 하더라도 말이다. 방송에 맛 들여 자신이 가진 것들이 바닥나는 줄도 모르고 휘둘리다가는 탈탈 털린 채 내버려진다. 일도, 투자도, 삶도 달려들고 멈출 때를 아는 게 중요한 것 같다. 투자자라면 시퍼런 장이 계속될 때, 자신에게 이렇게 말해도 좋겠다.

"지금은 '잠시 멈춤' 버튼을 누르셔도 좋겠습니다. 당장 내가 눈 빠지게 이 판을 보고 있다고 달라질 건 없으니까요."

중요한 판단은 장이 끝나고 이성을 찾은 후 하는 게 오히려 도움이 될 수 있다. 《책은 도끼다》라는 책에 이런 이야기가 있다.

우리는 삶을 레이스로 생각합니다. 초등학교 때는 명문 중학교를 가야죠, 명문 중학교를 가면 행복해질 거야, 명문 중학교 갈 때까지만 희생하자, 명문 중학교 가면 외고에 가야 해요. 외고 갈 때까지만 희생하자. 그럼 행복해질 거야. 외고를 가면 서울대를 가야 하고, 서울대에 가면 대기업에 가야 하고 대기업에 들어가면 부장이 되어야 하고 그러다 보면 나이가 일흔이

에요. 레이스가 된 삶은 피폐하기 이를 데 없죠. 왜 이러게 살

아야 합니까.

당시 나는 딱 그렇게 살고 있었기에 이 얘기가 더 깊이 와닿

았던 것 같다.

그리고 지금 투자를 해보니 투자 역시 제 버릇 남 못 주고 레

이스하듯 덤벼드는 패턴을 반복하고 있는 것 같다. 한숨 돌리며

이성을 찾지 못하고 내리면 내리는 곳으로 폭주하고 오르면 오른

다고 안달을 한다. 삶에서나 투자에 있어서나 잠시 멈추고 이성

을 찾는 시간은 꼭 필요하다. 지금이 바로 '잠시 멈춤'이 필요한

순간이다.

텅 빈 충만,
택배 없는 한 달

한집에 오래 살다 보면 물건들이 원래 있었던 벽이나 가구처럼 그냥 원래 그렇게 늘 있는 것처럼 굳어지는 일들이 생긴다. 진짜로 벽처럼 굳어졌다기보다는 마음속에 그건 늘 그 자리에 있는 가구처럼 느껴진다는 것이다. 내게는 주방 구석의 창고가 그랬다. 각종 비상 식량들, 이를테면 통조림 캔과 오래 두고 먹어도 괜찮다고 착각한 건어물, 박스로 산 대용량 초콜릿, 과자류, 젤리 그리고 또 박스로 대량 구매한 장류들이 나름의 팬트리 위에 모양을 갖춰 쌓여 있다.

처음 그것들이 들어올 때는 분명 과일 통조림, 참치 캔, 골뱅이 캔, 번데기 캔, 간장, 올리브유, 초콜릿, 탄산수 같은 고유명사를 가진 객체였는데, 그 위에 시간이 차곡차곡 쌓이면서 그것들은 내 마음속에 그냥 한 덩이의 커다란 가구처럼 자리 잡았다. 청소할 때도 위아래 빈 구석을 찾아 호스를 들이밀고 끝. 최대한 전열을 흩트리지 않으려 애썼다. 어느 날 같은 유전자 정보를 공유한 친자매님이 집에 놀러 와서 물었다.

"너희 집은 어떻게 몇 년이 지나도 똑같냐? 변하는 게 없어. (주방 창고를 보며) 저건 뭔데 저렇게 맨날 쌓아놓고 먹지를 않는 거냐?"

그제야 저것들이 가구가 아니고 실은 먹을 것이었다는 사실을 자각했다.

"아, 먹어야지." (언젠간)

자매님에게 얘기하고는 '진짜 저걸 가져다 먹은 게 언제였지?'라고 생각했다. 저 덩어리들이 그저 한 개의 참치 캔, 과일 캔, 과자 한 봉지였을 때는 종종 가져다 먹기도 했던 것 같은데 저리 뭉쳐서 덩어리가 되고 나서는 다른 걸 사서 먹으면 먹었지 저걸 가져다 먹지는 않았던 것 같다. 왜일까? 전열을 흩트리기 싫어서? (뭐 그리 이쁘게 쌓아 놓은 것도 아닌데) 없어지면 서운할까 봐? (그건 좀 그렇다. 언젠가부터 저 덩어리가 줄어들면 살짝 불안한 기분을 느낀다.) 정신이상인가?

서너 개의 일을 겹치기로 하며 억대 연봉 달성을 목전에 두었던 시절, 집에서 밥 먹을 시간은 없다시피 했는데, 희한하게 먹거리 쇼핑은 더 많이 했다. 옷방이 터져버릴 것 같아서 옷은 그만 사기로 하면서 더더욱 그랬다. 먹거리는 언제든 먹을 거니까 죄책감이 덜했다. 먹거리 택배가 산타할아버지의 선물처럼 매일 현관 앞에 쌓이던 시절이었다.

화난 엄마가 퍼붓는 잔소리처럼 딱 돈지랄이다. 먹지도 않으면서 쌓아놓은 먹을거리들을 훑어보다가 갑자기 돈으로 따지면 얼마나 될지 궁금해졌다. 참치 캔 10개 15,000원, 자연산 골뱅이 한 상자 21,000원. 간장 6개는…. 시간을 들여 꼼꼼하게 하나하나 포털에 검색해 계산을 해봤더니 못해도 20만 원은 족히 넘을 것 같았다.

내가 생각해도 별스럽다 싶어 자랑인지 후회인지 모를 감정을 담아 후배에게 이 이야기를 했더니 후배가 영상 하나를 보내왔다. '우리 이렇게 살아요' 하며 저세상 수완으로 돈을 아끼며 사는 어느 부부의 영상이었다. 세탁기를 안 쓰고 손빨래를 하며, 정수기나 생수 대신 약수를 떠다 먹고, 청소기 대신 걸레질을 한다. 화장품, 린스, 향수, 바디 워시 같은 건 쓰지 않는다. 꾸밈비는 거의 쓰지 않는다고 부부가 말했다. 미용실 안 가고 한 가지 스타일만 고수하면서 기술을 늘려 서로의 머리카락을 잘라준단다. 그 외에도 기막힌 절약의 비결이 우수수 쏟아졌지만 보자마자 알았다. 이건 내 스타일이 아니라는 걸 말이다.

상상할 수도 없는 딴 나라 사람들 이야기인 그들의 모습을 남 애기인 양 허투루 보긴 했지만, 그들의 말만은 공감이 됐다.

"물건들로로부터 자유로워져야 한다. 소비하라고 부추기는 세상 에서 멈출 줄 아는 게 필요하다."

그들의 말에 현타가 왔다. 밥 먹을 시간도 줄여가며 일해 돈 을 벌어서 나는 이 쓸모없는 것들을 사서 쌓았나? 허무한 생각이 들었다.

택배 없는 한 달을 선포했다. 이제는 아무것도 시키지 않으리 라! 필요한 게 있으면 낱개로 구매하리라. (택배는 다 좋은데 상자째 시켜야 택배비가 없어 대량 구매의 늪에 빠지기 쉽다.) 그리고 견고한 성처럼 쌓인 주방 창고의 먹을거리들의 전열을 흩트리고 낱개로 떼어놓아 각자의 이름을 찾게 한 후, 하나씩 뱃속에 넣었다. 몇 개는 고마운 영상을 보내준 후배에게도 주고 그것이 먹거리임을 자각하게 해준 고마 운 자매님과도 나눴다.

처음 택배 없는 한 달을 시작했을 때는 초조와 불안이 몰려왔 다. 끊임없이 스마트폰 쇼핑 앱으로 향하는 손가락. 심심하다, 지 루하다 싶어지면 저절로 손가락이 쇼핑 앱을 열고 이것저것 눌러보다가 필요도 없는 것들을 클릭하고 계산을 하려 든다. '이거 싼데… 한 개씩 사면 비쌀 건데. 이번밖에 기회가 없을 건데'라며 손가락의 명령을 받은 뇌의 한 부분이 끊임없이 당장 결제를 하라고 성화를 했다. 그러다 비로소 나는 깨달았다.

'중독되었구나!'

그렇게 중독된 손가락과 뇌 일부분을 억지로 자제시키며 법정 스님의 '텅 빈 충만'이란 단어를 되풀이하며 한 달을 보냈다. 처음엔 택배 없이는 살 수 없을 것 같았는데 보름쯤 지나니 택배가 없어 참 좋다는 생각이 들기 시작했다. 운동 삼아 억지로라도 밖에 나가 걸으며 쇼핑이란 걸 하게 되고, 하나씩 사게 되니 더 비싸게 사는 것 같긴 하지만, 더 맛있게 먹게 됐다. '택배 없는 삶이 내 생활 방식엔 더 맞는 게 아닐까?' 하는 생각부터 '왜 그동안 택배 없이는 못 살 거야'라고 생각했나 희한하다는 생각마저 들었다.

창고가 비어가면서 희한한 쾌감이 몰려왔다. 책으로도 보고 방송으로도 만들어봤지만, 막상 비우면 이런 기분이 든다는 건 몰랐다. 내가 특별히 좋아하는 책 중에 법정 스님의 《텅 빈 충만》이라는 에세이가 있다. 우리는 채워야 충만해진다고 생각한다. 나도 그랬다. 그런데 막상 채워보면 가득 찬 그 안에 절대 채워지지 않는 허기와 불안이 스멀스멀 계속 새어 나온다는 걸 알게 된다. 돈 버는 일도 그렇다. 억대 연봉을 넘긴 그 순간은 반짝 '아, 행복하다'는 생각이 들었다가 나보다 더 많이 버는 누군가가 나타나면 또 기나긴 허기의 시간을 반복하며 산다.

일을 놓고 막내 작가 때도 받아본 적 없던 소액의 총수입이 적힌 종합소득세 종이를 받아들고서 나는 텅 빈 충만의 기분을 만끽했다. 이렇게 벌어도 살아질까? 약간의 의구심이 들었지만 채워도 절대 채워지지 않을 것 같은 허기는 사라졌으니 만족이다. 가득 차 있다는 것은 달리 보면 채울 기회를 잃어버리는 것과도 같다. 가득 차 있는 주식 계좌도 그렇다. 퍼렇게 퍼렇게 물들어가는 잔고 계좌의 흐름을 바꾸는 첫걸음도 종목을 비우는 것에서부터 시작된다.

'텅 빈 충만'

그 단어를 가끔 떠올린다. 그리고 비움으로써 허기가 사라지는 아이러니한 인생사를 생각해본다. 택배 없는 한 달의 실험을 성공적으로 마친 후, 나는 택배 중독에서 벗어나 갱생의 길을 걷고 있다. 비우니 참으로 좋다.

6장

없는 사람에게 삶은
호락호락하지 않지만

그녀의 돈타령에
입이 쩍 벌어지다

그날은 유독 운수가 좋았다. 어렵게 꼬였던 일이 풀리고, 이른 퇴근에, 근사한 와인바에서 술을 사주겠다는 친구까지 나타났다. 신나게 달려간 강남의 한 루프탑 와인바에서 분위기에 취하고 고급 안주와 다채로운 와인 향기에 취해 웃고 또 웃느라 와인을 물처럼 마시고 있다는 사실마저 잊었다. 술산다는 말 한마디 잘못해 계산대에서 엄청난 비용을 지불하고 있는 친구를 뒤로한 채 실실거리며 앞서 걷다가 휘청, 계단을 내려가다 다시 휘청, 주차장에서 호탕하게 웃으며 신나 떠들다 다리가 꼬이며 결국 우당탕탕탕…! 순간 주차장 바닥이 위로 쳐 오르며 안면을 강타했다.

'우둑!' 앞니가 이렇게 나갈 수가 있구나. 난 개그맨도 아닌데 앞니가 없으면 어떡하라고~!! 말하는 순간 입속이 시리다.

순망치한(입술이 없으면 이가 시리다)이라는데 앞니가 없으면 입속에 마음까지 시리다는 걸 몸소 느끼며 붉게 흐르는 피에 묻어 나온 앞니를 보았다. 술 취한 와중에도 눈앞이 캄캄했다. 할 수 있는 건 별로 없었다. 피를 닦고 이를 수습해서 응급실을 갈까 했지만, 자정이 넘은 데다 엄청난 알코올에 장악된 상태라 마취가 되었는지 통증도 크게 느껴지지 않아 병원은 다음 날 가기로 하고 참담한 심정으로 집에 돌아와 자는 둥 마는 둥 긴 밤을 보냈다. 아침 일찍 어제 함께 술에 취했던 친구에게 전화가 왔다.

"괜찮아?"

"(아니) 병원 가봐야지."

"앞니라 예쁘게 해야 할 텐데… 강남에 연예인들 많이 하는 데 있거든. 거기로 가. 나도 거기서 하잖아, 예쁘게 잘 해줘."

돈 많은 친구는 자신도 종종 그 치과에서 이를 하는데 원래 이보다도 더 예쁘게 만들어준다며 실력도 최고라고 그곳을 적극 추천했다. 나는 원래 기능적인 것을 최우선으로 생각하는 사람이지만 그래도 앞니인데, 예뻐야 하지 않겠나 싶은 마음도 들어 친구가 소개한 치과를 찾아갔다. 앞니에 이런 불상사가 일어난 건 처음이라, 덜덜 떨며 공포의 의자에 누워 입을 벌렸는데, 다음 순간 생각한 것과는 전혀 다른 공포가 시작됐다.

의사 : 어디 보자, 음. 앞니는 씌우면 되겠고, 옆에 이들이랑 색깔 맞추게 미백 좀 하면 좋겠는데요.

나 : 이액 이면… 이에… 앙빵징… 긍뎅 칭이…(미백하면 이에 나쁘지 않아요? 근데 침이 흐르는데요).

의사 : (말 자르며) 말하지 말고! (다시 입속을 이리저리 헤집으며) 치아 미백을 하게 되면 얼굴이 전체적으로 밝게 보이거든요. 그러려면 미백을 최소 서너 차례는 받아야 되는데 비용은 이따가 실장님이랑 상담하세요. (더 좋게 하려면… 뭘를 어떻게 해야 한다…어쩌구 하더니 결론은) 씌운 이랑 색깔 맞추려면 미백은 꼭 해야 해요.

나 : 앙농 방응경등 종딩 칭이…(치아 밝은 것도 좋은데, 그것까지 할 생각은 없고… 그런데 이 침 먼저 좀 닦아주시면…).

의사 : 말하지 말라니까요! (또 여기저기 보다가) 턱이 넓네. 사각턱 교정해야 하지 않겠어요? (어쩌구 저쩌구… 각진 턱의 미용적 측면에 대한 일장 연설을 한 후 결론) 사랑니 뽑고 교정하면 사각턱도 좋아져요. 교정만 해도 훨씬 갸름해져요. 안 보이게 투명으로 교정기 해도 되고 하니까 해요. 요즘 나이 들어서도 많이들 해. 골격 보니까 하는 게 좋겠어. 비용은 끝나고 상담해요.

나 : 용정응…(교정은).

의사 : 말하지 말고! 입 더 크게 벌려봐요. 여기, 여기 여기도 아예 씌우는 게 낫겠는데 아말감 입힌 거 말이에요. 보기도 안 좋고 (아말감의 나쁜 점에 대한 일장 연설 후 결론은) 이번 참에 손 좀 봐요. 비용은….

나 : 하아.

입을 쩍 벌리고도 큰 한숨이 나온다는 걸 그날 처음 알았다. 입은 있는 대로 쩍 벌린 채 내 사각턱 골격이 가진 미용상의 문제를 비롯한 생각지도 못한 여러 문제점과 앞니를 위시해 전반적으로 누런 치아의 문제점과 아말감 씌운 치아들의 문제점과 자신은 물론 남 보기에도 좋지 않은 내 치아와 입, 턱에 이르기까지 수많은 문제들에 대해 듣는다는 건 상상치 못한 고문이었다. 입까지 쩍 벌린 채 말이다. 입을 쩍 벌리고 말 고문을 당하던 그 시간이 족히 몇 시간은 되는 것 같았다.

몇 번이나 원장의 손을 치우고 벌떡 일어나서 "제발 그만 좀 하세요!!!!"라고 소리치고 싶은 충동을 느꼈다. 치료인지 고문인지 모를 시간이 끝난 후, 나는 상담 실장에게 안내되었다. 그리고 2차 고문이 시작됐다. 원장이 말한 이런저런 나의 입과 턱과 치아에 대한 문제점들을 해결하기 위해서 드는 비용부터 그건 안 하고 싶다는 나의 소심한 저항에 안 하면 어떤 문제들이 생기며 돈을 쓰면 쓸수록 예뻐질 거라는 잔소리인지 세뇌인지 알 수 없는 말들을 듣느라 간밤의 술이 덜 깬 내 뇌는 마비가 될 지경이었다.

과거에 수면 고문과 물고문을 당해 지칠 대로 지친 용의자들이 죄가 없음에도 포기 모드로 "알았으니 제발 그만!"을 외치며 없는 죄도 인정했다더니, 딱 그런 심정으로 씌우고 교정에 미백에… 도합 3천만 원에 이르는 치료비 청구서에 결재할 뻔했다.

뇌가 작동을 멈추려는 마지막 순간 있는 대로 의지력을 끌어모아 앞니 씌우고 미백만 받는 정도 (그것만도 400만 원이 넘었다.) 선에서 힘겹게 타협을 보지 않았다면 말이다. 선불로 400만 원이란 거금을 카드로 긁고 세뇌실인지 최면실인지 알 수 없는 그곳을 나왔다.

참담했다. 큰돈을 술 한 번 거하게 얻어먹고 한방에 날린 것도 날린 거지만, 내 입속과 턱 구조에 그렇게 많은 문제가 산적해 있다는 사실을 알게 되니 그동안 이런 꼴로 어찌 살았나 싶으면서 입과 턱이 이런데 다른 곳은 어떨 거냐며 비참한 기분마저 들었다. 그러다 예전 의료채널에서 함께 방송했던 치과의사 선생님의 말이 떠올랐다. (뇌는 어쨌든 최악의 순간에는 자존감이란 걸 조금은 세울 근거를 찾게 만들어진 것 같다.)

"치아는 가능한 한 안 건드리는 게 좋아요. 쓸 수 있는 데까지 써야지. 사랑니를 왜 뽑아, 썩어서 많이 아프고 그러면 그때 생각해요."

사랑니를 뽑을까 고민하던 내게 한 말씀이었다. 어쩜 이렇게 다를까? 누가 옳은지는 결론 내리고 싶지 않다. 실제 내 치아와 턱에 진짜 문제가 많을 수도 있다. 하지만 이런 치아와 턱으로도 큰 문제 없이 잘 살아오지 않았나. 안 이쁘면 어떤가 제 기능 잘하면 그걸로 족하지 않은가. 지그문트 바우만의 《고독을 잃어버린 시간》의 한 구절이 떠오른다.

유동하는 근대의 문화는 '함양해야만 하는 사람들'을 갖고 있지 않다. 그 대신에 유혹해야만 하는 고객들을 갖고 있다.

속눈썹이 빠지는 것에 '속눈썹 감모증'이라는 이름을 붙여 성형 수술을 판매하고 그저 약간의 수줍음도 사회불안장애라는 이름을 붙여 의료 소비를 권장하는 사회, 쇼핑하지 않는, 혹은 소비하지 못하는 자들은 도태된 인간으로 분류하는 이 사회에 대한 비판 어린 시선이 느껴지는 책이었다.

자본주의 사회에서는 그게 자연스러운 걸까? 온통 다 상품이고 사람들이 제 주머니를 채우기 위해 누군가를 유혹의 대상으로 삼는 것이? 그런 세상이라면 너무 슬픈데…. 나도 돈깨나 좋아하는 사람이지만, 세상 모든 걸 상품으로 만들고 세상 모든 사람을 돈으로 보는 그런 세상이 되는 건 정말 싫다.

갸름한 턱이고 흰 눈처럼 새하얀 이에 대한 무한 홍보보다 앞니를 잃고 이 환자가 얼마나 상심했을까, 원래의 것처럼은 아니어도 다친 앞니를 새로 하고 나면 이 또한 나름대로 좋을 거라고 돈보다 환자의 상심한 마음을 더 먼저 읽어주는 의사가 많은 세상이라면 어떨까. 하다 못해 너의 추한 외모를 굳이 내가 지적해줄 테니 아낌없이 투자하라는 말만 하지 않아도 참 좋겠다. 치과 치료 중엔 잠시 돈, 돈, 돈 그 돈 생각 좀 쉬셔도 좋습니다. 선생님.

돈이라면
어디까지 할 수 있니?

　　"어머니, 호흡곤란이 와서 1분 이상 말씀하기 힘들다고 하셨는데 괜찮으세요? 벌써 30분째 쉬지 않고 말씀하고 계시는데요."

　"(급) 콜록."

　"오늘은 몸 상태가 괜찮으신가 봐요."

　"네…. 콜록콜록 콜록."

　그녀를 만나고 인터뷰를 진행할수록, 쉬지 않고 폭풍처럼 쏟아내는 그녀의 말을 들으며 그러면 안 되는데 자꾸만 의심이 스멀스멀 피어올랐다. 멀쩡하게 말을 하다가도 우리가 그녀의 병에 대해 자각을 시킬 때면 그녀는 치매 환자가 갑자기 기억이 돌아오기라도 한 듯 기침을 해댔다. 다른 시한부 환자들과 너무 다른 그녀를 어떻게 봐야 할까? 혼란스러웠다.

한 방송사에서 시한부 환자들의 마지막 이야기를 담는 프로그램을 만들 때였다. 삶이 얼마 남지 않은 이들의 생에 대한 성찰을 담아보기 위해 기획한 프로그램이었는데, 사례자를 찾기는 쉽지 않았다. 사실 인생을 정리해야 할 시점에 굳이 방송에 출연하려는 이가 얼마나 많겠는가?

어렵게 찾은 그녀는 중증 근무력증과 여러 합병증으로 몸이 굳어가는 시한부 인생을 살고 있다고 했다. 여느 달변가 못지않게 말을 잘하는 그녀는 방송에 몹시 협조적이었다. 남들은 쉽게 허락하지 않는 아이들의 동반 출연까지 흔쾌히 얼마든지 해주겠다고 했다. 말도 잘하고 가족 출연도 가능하고 모든 걸 방송사 측에 맡기겠다는 출연자, 보통 때 같으면 뭐 이런 행운이 다 있나 기뻤겠지만, 인터뷰를 마치면서도 뭔가 찜찜했다.

시사프로그램을 오래 해 의심이 성격이 되어버린 탓에 또 말도 안 되는 제동을 거는 건가? 의심을 가라앉히려 해봤지만 안 됐다. 그녀에 대해 더 알아보기로 했다. 알고 보니, 중앙 방송뿐만 아니라 알려지지 않은 지역 케이블 등에 수차례 출연한 경력이 있었다.

그렇다면 믿음이 더 가야 할 텐데 이상하게 의심만 더 깊어졌다. 담당 의사에게 전화했다. 그녀의 병에 대해 인터뷰할 수 있겠냐고 물었다. 전화를 피하던 담당의는 병원 홍보팀을 통해 인터뷰도 문서 확인도 다 불가능하다는 답변을 해왔다. 어떻게든 이유를 알아야 했다. 끈질기게 그들을 괴롭힌 끝에 오프더 레코드라며 그녀와 관련된 방송에 출연할 수 없는 이유를 들을 수 있었다.

"검사 결과상으로는 아무 병이 없어요."

"병원에서 주사를 계속 맞던데 그건 무슨 주산가요?"

"영양제예요."

"시한부라고 하시던데 아픈 데가 아예 없는 건가요?"

"우리도 참 곤란한 게 환자는 계속 아프다고 하고 현대 의학으로 밝힐 수 없는 병도 있으니, 뭔가 우리가 모르는 어떤 병이 있을 수도 있는 거 아닙니까? 단지 지금 저희가 할 수 있는 이야기는 현대 의학 수준으로 검사를 했을 때는 아픈 곳이 없다는 건데… 이걸 병이 없다고도 있다고도 하기 힘들지 않겠습니까? 환자가 아프다면 아픈 건데."

이제야 병원 측의 태도가 이해됐다. 그런데 그녀는 왜 자신을 시한부 인생이라고 하고 다녔을까? 알 수 없는 어떤 질병이 있더라도 그걸 시한부라고 하면 안 되는 거 아닌가? 끓어오르는 다양한 궁금증의 해답은 그녀의 SNS 글 속에서 일부분 얻을 수 있었다. 물론 그것이 이유 전부라 할 수는 없겠으나 말이다. 그녀의 SNS 글 뒤로 달린 댓글 속에는 사람들의 온정과 사랑, 그리고 방송사들의 빗발치는 출연 요청과 후원금이 있었다. 그 후원금으로 전세를 얻었다고 그녀는 감사의 인사를 전하고 있었다. 아이의 음식을 살 수 있게 해준 후원금, 생활하게 해준 후원금, 그녀의 삶은 방송 출연료와 후원금으로 지탱되는 듯했다. 이건가? 시한부 그녀의 감춰진 비밀은? 그러나 나는 지금도 진실이 무엇이라고 정확히는 말할 수 없다. 그저 짐작만 할 뿐이다.

당연히 그녀의 방송은 무산되었다. 여러 가지 미심쩍은 정황이 있는 상황에서 출연시킬 수는 없는 노릇이었으니까. 벌써 10년이 훌쩍 넘은 이야기다.

당시에는 '이런 경우도 있구나', '난생처음 희한한 경험을 했다'고 생각했는데 이후로 자주 TV에서 유사한 사례들이 방송되는 것을 보았다. 내 눈이 유독 거기 꽂힌 것인지 아니면 진짜 그런 사람들이 늘어난 것인지는 알 수 없으나, 내가 애정하는 〈궁금한 이야기 Y〉나 〈실화 탐사대〉 같은 프로그램을 보면 '설마' 하는 일들이 실제 의외로 자주 일어난다는 사실을 알 수 있다.

어떤 여인은 사람들에게 당장 먹을 게 없다며 인터넷 카페마다 돌아다니며 글을 써서 사람들이 선한 마음으로 보내주는 음식이며 무료 나눔 생필품이며 쿠폰들을 죄책감 없이 몇 년씩 받아

쓰며 생활하는가 하면, 어떤 여인은 어린 자식을 데리고 물세를 아낀다며 집집마다 돌아다니며 공짜 목욕을 하고 빨래를 한다.

SNS나 인터넷 카페, 블로그 같은 비대면 소통 창구들이 늘어나면서 사지육신 멀쩡한 사람들이 거짓으로 온정을 구걸하고 사람들의 선한 마음을 돈벌이에 악용하는 경우도 많아지는 것 같다.

돈이라면 뭐든 할 수 있고, 자신은 물론 타인의 아픔마저 돈벌이 수단으로 이용하는 세상이 씁쓸하다.

가난이
비참으로 이어지는 순간

한 방송국에서 2년 가까이 책 프로그램을 할 때다. 생애 가장 많은 책을 읽었던 그 시절, 나를 매료시킨 작가가 있었다. 누구나 이름만 들으면 '아, 그 사람!'이라 할 '표도르 미하일로비치 도스토옙스키'다.

《죄와 벌》, 《카라마조프 가의 형제들》, 《가난한 사람들》… 오랫동안 서가의 한 면을 차지하고 있었던 책들이다. 낙엽만 봐도 깔깔댄다는 중고등학교 시절 권장도서라며 강권하는 주변인들에 의해 책장을 들긴 했으나, 지금은 내용보다는 엄청나게 길고 복잡한 등장인물들의 이름을 하품하며 읽고 잊어버리고 또 하품하며 다시 읽고 짜증 내며 책장을 덮곤 했던 기억만 남았다.

그런 그에게 새삼스레 나이 먹어 매력을 느끼게 된 것은《도스토옙스키 돈을 위해 펜을 들다》라는 석영중 교수님의 책을 읽고부터다. 소설가, 시인 같은 순수문학 종사자들은 평균 소득이 낮은 직업 TOP 5에 빠지지 않고 등장한다. 때문에 '가난과 소설가'는 연관어처럼 떠오르다시피 한다. 하지만 도스토옙스키는 생존했을 당시에도 이미 이른바 천재 작가이자 베스트셀러 작가였는데 그의 작품을 보면, 돈에 대한 집착이 대단하다. 그의 작품을 다시 읽으며 작품 속에 드러난 돈에 대한 욕망과 가난한 사람들의 심리를 다시 들여다본다는 건 꽤 흥미로운 일이었다. 책의 서문에는 이렇게 쓰여 있다.

도스토옙스키의 아무 소설이나 집어 들고 아무 쪽이나 펼쳐 보라. 거기에는 반드시 돈 이야기가 나올 것이다.

책은 어떤 것에 중점을 두고 읽느냐에 따라도 읽히는 속도와 재미가 달라진다. 돈의 논리로 도스토옙스키의 책을 다시 읽으니 분명 전과는 다른 느낌으로 내용이 다가왔다. 사람을 괴롭히는 상대적 박탈감과 빈곤감에 대한 두드러진 묘사가 인상적이다.

끊임없이 타인의 시선을 의식하고 혹시 누군가 자신의 가난을 눈치채지나 않을까 뒤에서 자신의 가난을 두고 이러쿵저러쿵 하지 않을까, 그걸로 나를 깔보지 않을까 신경을 곤두세우는 심리. 가난하지만 그 와중에 나보다 더 못한 타인에게 베풂으로써 일시적으로 자신의 가난을 잊고자 하는 심리를 드러내는 글귀들을 읽으며 내 마음이 들킨 것만 같은 기분을 느꼈다.

돈 없으면 여러 가지로 불편하고 불행하지만 가난해서 가장 슬픈 건 가난 그 자체가 아니라 가난으로 인해 태생적으로 짊어질 수밖에 없는 열등감, 자격지심이 아닌가 싶다. 《도스토옙스키 돈을 위해 펜을 들다》라는 책에 나오는 투르게네프와 도스토옙스키의 일화는 그 단면을 여실히 보여준다.

극도의 궁핍 상태에서 투르게네프에게 소액의 돈을 빌린 이후, 둘 사이에 오랫동안 애매하고 불쾌한 심리전이 지속된다. 부유하고 여유 있고 타고난 신사였던 투르게네프와 가난에 흠뻑 젖은 도스토옙스키. 둘 사이에서 도스토옙스키는 빚진 자로서의 억하심정을 꾸준히 표출하고 편집증적 증오를 품다 종국에는 문학적으로 폭발하기에 이르렀다고 작가는 적는다.

준 사람은 아무렇지 않은데 빚진 자 혼자 제 발이 저려 혹시나 저 사람이 나를 깔보지 않을까, 어디서 내 욕을 하는 건 아닐까 안달복달하는 것이다. 온갖 사람들을 만나게 되는 방송작가라는 직업을 20년 넘게 하다 보니 간혹 사람들 사이에 존재하는 이런 묘한 신경전들을 목격할 때가 있다.

한번은 타고난 금수저에 가진 게 많아 자신만만하고 세상을 보는 시선도 낙천적이라 인기가 많았던 분과 어렵게 공부해 나름의 일가를 이루고 남다른 시각을 보유한 것으로 정평이 난 분, 이렇게 두 분과 한 팀이 된 적이 있었다.

"저 사람은 세상을 너무 삐딱하게 봐."

"저 사람은 너무 나이브해. 날카로운 시각이 없어."

둘은 서로를 단적으로 이렇게 표현하곤 했는데, 둘의 다름은 팀 내에서는 의외의 시너지를 냈다. 그러다 한번은 모두를 곤란하게 한 위기 상황이 닥친 적이 있었다. 이때 둘의 처신이 눈에 띄게 달랐다. 금수저로 알려진 분은 타고난 낙천성 때문인지는 모르겠으나 자신 앞의 문제만 보고 나아갔다.

하지만 어렵게 자수성가한 한 분은 아무도 당신 잘못이라고 질책하지 않았는데도 욕받이가 될 다른 사람을 찾아 그를 욕하기 시작했다. 둘의 개인적인 성향 차이였는지 모르겠지만 나는 왠지 살아온 배경이 둘의 다른 처신을 유도한 것 같아 좀 안타까운 마음이 들었다.

가난이란 건 의외의 선물을 줄 때도 있다. 험난한 세상에서 무너지지 않고 견디는 방법을 가르쳐주기도 하고, 세상을 보는 의외의 시각을 주기도 해서 다들 '가'라고 할 때 '나'라고 다른 주장할 수 있는 강단과 용기를 선물하기도 한다. 세상이 보이는 것만큼 호락호락한 게 아님을 가르쳐준 가난으로 인해 사건 뒤에 감춰진 의미를 끊임없이 알아내려 하기 때문이다.

하지만 반대급부로 위기에 처했을 때 내가 살아야 하니까 다른 제물을 만들기도 쉽다. 그런 이유로 나 대신 욕받이가 될 사람을 만드는 것이다. 이때가 바로 잠자고 있던 열등감과 자격지심이 깨어나는 시간이다. 그러나 이 감정들을 잘 다스리지 못하면 종국에는 자신의 장점마저도 갉아먹고 만다. 남을 미워하고 욕하고 무너뜨리는 사람을 마냥 좋게만 봐줄 사람은 세상에 없으니까 말이다.

이해할 수 없는
돈의 아이러니

동료 : 너랑 친한 그 연예인 방송에 잘 안 나오는 거 같은데 너 종종 봐? 잘 사나?

나 : 응, 잘 살아.

동료 : 일은 좀 해? 돈은 버나?

나 : 응, 너보다 20배는 더 벌걸. 텔레비전에선 안 보여도 일 엄청 많이 해. 너나 나보다 훨씬 돈 많이 벌고 좋은 거 먹고 잘 사니까, 그 사람 걱정 그만하고 내 걱정 좀 해줄래?

세상 쓸데없는 게 연예인 걱정이라는데, 동료가 또 전에 함께 일했던 연예인 걱정을 하고 앉았다. 개인적으로 가끔 보는 사이라 그의 근황에 관해 묻는 지인들이 꽤 많다. 그럴 때면 난 생각한다. 한 번 출연에 우리 한 달 월급을 버는 그 사람들 걱정을 왜 저렇게 할까, 한 달 뼈빠지게 일해 카드사에서 탈탈 털어가고 나면 남는 게 없는 우리 주머니 걱정하기에도 바쁜데 말이다.

있는 사람을 더 챙기고 돌아보게 되는 참 알 수 없는 인간의 심리다. 그래서 그렇게들 돈 벌려고 난리인가 보다. 많이 벌어, 모아둔 것도 많아, 가진 자에게 자연스레 따라오는 사람들의 호의까지 뭉텅이로 받을 수 있다니 많이 가졌다는 건 참으로 좋은 일이 아닌가.

방송일을 하면서 종종 얼굴 알려진 사람들과 어울릴 기회가 있었다. 식당이나 술집을 가거나 공연장을 가거나 함께 어딘가를 갈 때면 늘 궁금했다. 돈 없는 나에게는 공짜는커녕 잔돈까지 꼭 다 챙겨 받는 주인장들이 자신들보다 열 배쯤은 더 돈을 많이 버는 그들에게는 왜 공짜 음식을 주지 못해 안달인가. 돈을 내겠다는데도 저리 굳이 굳이 안 받겠다고 손사래를 치는 것인가. 만약 내가 돈 안 내고 나간다고 하면 당장 무전취식 죄로 경찰을 부를 양반들이 아닌가.

"○○이 참 좋던데요"라는 말 한마디에 당장 그 물건을 싸서 안기는 주인장들도 봤다. 부러움과 함께 큰 물음표가 그려졌다.

왜 저럴까? 얼굴 알려진 그들과 친해져 인맥을 쌓을 목적? 혹은 그들이 어디 홍보라도 해주길 기대하기 때문에? 그러나 그러기엔 그런 사람이 어디 한둘이어야지.

잊지 못할 기억을 남기고 싶은 거라면 당장 그 한 끼가, 그 호의가 소중하고 아쉬운 사람에게 베푸는 게 훨씬 더 오래 길게 큰 기억으로 남지 않을까?

얼마 전, 배고픈 형제에게 공짜 치킨을 대접한 치킨집 점주의 훈훈한 이야기가 화제였다. 생각해보면 누구든 할 수 있는 일이었다. 하지만 정작 가난한 형제에게 공짜 치킨을 준 사람은 드물었다. 매스컴을 화려하게 장식할 정도로 말이다. 타이틀이 좋고, 얼굴이 알려지고, 돈을 많이 버는 이들에게는 쉽게 주어지는 별 이유 없는 호의가 정말 필요한 돈 없고 이름 없고 희망 외에는 가진 게 없는 사람들에겐 왜 이리 인색한가? 세상 불공평한 것은 일찍이 알았으나, 돈 앞의 인간은 참 모순된 존재다.

한번은 어느 신생 채널에서 재능기부를 좀 해달라는 부탁을 받았다. 연사 섭외와 구성안, 원고 등 일련의 일을 재능기부로 해달라는 거였다. 물론 재능기부를 할 수도 있다. 그런데 무료 재능기부를 부탁하는 그와 대화를 나누며 좋은 마음은 간데없이 사라지고 삐딱한 분노가 서서히 자리 잡기 시작했다. 유명 셀럽, 연사, 연예인들을 섭외해달라, 그들에게는 소정의 출연료를 줄 수 있다. 그들은 원래 많이 받는 사람들이기 때문에 안 주면 안 되지 않겠냐는 이야기를 듣고 있자니 화가 났다. 심지어 연출할 PD, 카메라맨도 잘하는 사람 구할 수 있으면 구해달라. 그들에게도 소정의 금액을 지급하겠다. 남자들이니 생계를 유지해야 하지 않겠냐는 거였다. 그 말까지 듣고는 더는 귀를 더럽히기 싫다는 생각이 들었다. 정말 어이가 없었다. 셀럽 연예인은 원래 많이 받아서 가진 것도 많으니 돈을 주고, 당장 이번 달 카드값이 급한 너는 원래 없는 사람이니 공짜로 재능기부를 하라고? 분노와 함께 참을 수 없는 짜증이 솟구쳤다.

"여자인 저도 생계유지를 위해 먹어야 하고 자야 하고 써야 하고 돈이 아주 시급하거든요! 없어서 더더더더 돈이 필요하거든요! 돈은 없는 사람한테 더 필요한 거거든요!! 모르세요?"

이렇게 고함을 치고 싶었다. 황당한 인간과는 더 말을 섞으면 안 되겠다 싶어 재능기부는 생계가 급하지 않은 다른 선한 분에게 부탁하라는 말로 전화를 끊었다.

있는 사람, 있어 보이는 사람에겐 줘야 하고 일이 생계이고 밥줄인 사람에겐 재능기부를 하라는 황당한 생각은 대체 어디에서 나오는 것인가. 그래서 그렇게들 '있어 보이려고 애쓰는가 보다'는 생각도 들었다. SNS를 열심히 하는 한 친구는 늘 있어 보이는 사진들을 찍느라 공을 들인다. 자신이 잘나가는 사람임을 보여줄 수 있는 공간, 음식들, 셀럽과의 사진을 쉼 없이 찍고 온갖 호화로운 이야기들로 여백을 채운다. 왜 이렇게까지 하냐고, 안 귀찮냐고 묻는 내게 친구가 말했다.

"내가 잘나가는 사람처럼 보여야 일도 더 많이 들어오고 있어 보이는 사람들이랑 친구도 될 수 있거든."

그렇다. 돈이든 권력이든 인기든 있어 보여야 돈 되는 일들도 더 많이 들어오고, 있어 보이는 사람으로 이미지 메이킹을 해야 그만큼 대접도 받는 세상이다. 그런데 알면서도 나는 자꾸만 그 과장된 '있어 보임'이 말할 수 없을 정도로 부담스럽다. 언젠가는 뻥 터지고 말 거대한 풍선처럼 그 안의 텅 빈 허무에 자꾸만 마음이 쓰인다. 한 지인은 사람들에게 나를 소개할 때 항상 내가 만들었던 유명 프로그램들을 줄줄이 나열하면서 그런 프로그램을 만든 작가라고 소개를 한다. 얘기를 듣는 사람 중에는 본체만체하다가 갑자기 '아, 그 프로그램 좋아하는데~ 작가님이시구나, 작가님' 하면서 한층 또렷해진 눈빛으로 질문 공세를 쏟아내는 분들도 계신다. 그럴 때면 나는 갑자기 온몸이 움츠러드는 기분이다. 나를 둘러싼 허울이 숨 막히게 답답해지는 것이다. 내가 그 프로그램들을 만든 것은 사실이나 사람들이 그걸로 나를 다시 보는 일은 없으면 좋겠다.

겉으로 '있어 보임'은 상대가 보여주는 것을 그냥 보기만 하는 것이므로 편하고 쉬워 보여도 진짜 그 속에 뭐가 들어 있는지는 알 수 없기에 공포와 위험을 수반한다. 반대로 진짜는 어쩌면 비루하고 촌스럽고 영 아닌 걸로 보일지 모르지만 억지로 꾸미지 않았다는 것만으로도 그 안엔 생각보다 멋진 게 들어 있을지도 모른다. 비루함 속에 숨은 진주를 찾을 줄 아는 사람들이 많아졌으면 좋겠다.

가난이라는
자격지심

그 이야기는 술자리에서 시작되었다.

"우리 지하에 살았잖아, 그때 얼마나 힘들었는지. 너무 가난해서 으흐흐흑… 아빠 사업이 망해서… 우리가 꽤 잘 살았거든… 으흑흑흑흑."

그녀 A가 어디선가 들어본 것 같은 기시감이 드는 레퍼토리를 읊으며 알코올로 한층 배가된 닭똥 같은 눈물을 흘린다. 타고난 금수저 아니고는 누구에게나 집안의 흥망성쇠에 얽힌 숨겨둔 이야기 하나쯤은 있게 마련이고, 그런 이야기는 뭐든 울 거리 하나쯤 찾아서 결국 한바탕 울고 나야 끝이 나는, 거한 술자리에 딱

안성맞춤이다.

"말도 마. 내가 더해. 우리 집 얼마나 못 살았는데 으흐흐 흑흑…. 엄마가 일을 얼마나 많이, 고생을 으흐흐 흑흑흑…."

옆자리의 B가 A를 따라 운다. 술자리에서의 눈물은 전염성이 강하다. 특히 돈 때문에 당한 설움이 묻어 있는 눈물이라면 더더욱 그렇다. 웬만해서 울지 못하는 나는 알코올의 힘을 빌려 억지로라도 눈물을 짜내 보려고 애를 쓴다. 울음 행렬에 동참하고 싶어서다. 그리고 지난 가난의 역사를 떠올린다. 내게도 지하방의 기억이 있다. 엄마 아빠의 생고생, 돈이 없어 한없이 부자연스러웠던 대학 시절. 생각해보면 내 행동의 상당 부분은 그 가난의 기억에서부터 기인한다.

바람 끝에 더위가 묻어나고, 여름의 기운이 느껴지면 나는 슬슬 벌레와의 전쟁을 준비한다. 하루살이, 초파리, 그리고 이름을 알 수 없는 온갖 벌레들. 바나나, 참외, 사과 같은 과일들은 웬만하면 먹지 않고 먹더라도 껍질이며 씨앗이며 먹고 난 후 잔해를 철저히 냉동하고 쓰레기들은 지퍼백에 밀봉했다가 많이 모이면 밀폐 쓰레기통에 넣어 단단하게 또 한 번 밀봉한다.

가능한 배달 음식은 시키지 않고 어쩔 수 없이 시키더라도 흔적 없이 깨끗이 씻은 다음 말려서 벌레들이 범접할 수 없게 밀봉하고, 하루에 한두 번은 뜨거운 물을 끓여 싱크대, 화장실, 베란다

벌레들이 번식할 법한 온갖 구멍이란 구멍에 들이붓는다.

조금만 주의를 소홀히 해도 자기네도 살아야겠다며 꿋꿋이 번식하는, 번식력이 유별나게 좋은 벌레들을 상대하기는 만만치 않은 일이다. 이런 나를 본 한 후배는 '언니도 참 평범치는 않아요. 그래서 글을 쓰나?' 했다. 평범치 않다. 나는 왜 이렇게 평범치 않게 됐나? 아마도 그 모든 것은 지하방에서 시작된 듯하다.

온 가족이 떠밀리듯 갑작스럽게 이사하게 된 지하방. 난생처음 살아본 그곳에 대한 기억을 거의 잊었지만, 벌레들에 대한 기억만큼은 아직 또렷이 남아 있다. 지하라 습해서 그랬는지, 다들 숨 돌릴 틈 없이 노동에 휩쓸려 다니느라 바빠서 집이 더러워 그랬던 건지, 아니면 둘 다인지 몰라도 그 집엔 유난히 벌레가 많았다. 그 시절의 가난은 거의 지워졌지만 벌레의 기억만큼은 잊히지 않는다.

생각해보면 자기들도 살겠다고 질기게 번식하는데 이렇게 죽기 살기로 박멸하려 애써도 되나 싶기도 하다. 하지만 벌레들이 날아다니거나 꿈틀대는 모습을 보면 소름이 끼치고 미치도록 싫은 기분이 든다. 그 시절의 가난만큼 말이다.

지하방에 살던 시절 엄마, 아빠는 늘 화난 채 지쳐 있었고, 어린 동생들은 방치됐고, 대학 신입생이던 나는 백화점이며 편의점이며 학원 강사에 과외까지 갖은 아르바이트를 하느라 눈코 뜰

새 없이 바빴다. 그리고 사는 게 지겨웠다. 우리 집은 왜 이렇게 가난한가. 나는 왜 남들처럼 너그럽고 관대하지 못하고 이리 억척스러운가.

대학교 입학식 때, 엄마는 비교적 새 옷이었던 엄마의 오리털 점퍼를 내어주며 굳이 입고 가라고 하셨다. 생각해보면 그게 그나마 당시 우리 집에서 가장 근래에 구매한 옷이었던 것 같다. 멋내는 것엔 도통 관심이 없고 내성적이었던 나는 입학식에 가기 전까지는 옷 같은 건 아무래도 별 상관이 없었다. 그래서 그냥 엄마가 하라는 대로 엄마 옷을 입고 신입생 환영회를 갔는데, 막상 가보니 새로 머리하고 새 옷 입고 화장도 곱게 한 친구들이 가득했다. 그들을 보며 나만 좀 이상한 어떤 동떨어진 세계에서 온 것 같다는 생각이 들었다.

맞지 않는 엄마 옷을 입고 간 신입생 환영회, 그 때문이었나? 아니면 가난을 감추고 싶은 허영심 때문이었나? 이후 나는 정말 무던히도 옷과 가방 액세서리를 사 모았다.

(없는 처지에) 쇼핑에 미친 듯이 몰두했던 시절이었다. 학원 강사와 과외를 하며 받은 꽤 많은 돈을 거의 치장하는 데 썼다. 아르바이트비 그거 조금 생활비에 보태봤자, 끝도 없어 보이는 가난의 커다란 구멍은 메워지지 않을 것 같았다. 더 큰 이유는 나도 남들처럼 보이고 싶었던 것 같다. 가난한 ○○이가 아닌 그냥 대

학생 ○○이로. 가슴속에 가난에 대한 자격지심을 한껏 짊어지고 있었으니, 그걸 감추기 위해서라도 그런 치장이 필요했겠지 싶다. 그땐 그게 최선이라고 생각했다. 하지만 시간이 지나도 메워지지 않을 것 같았던 가난의 구멍도 언제 그랬냐는 듯 메워지고 그 시절 샀던 수많은 옷과 가방과 액세서리들을 내다 버리면서 생각했다.

'의미 없이 돈을 벌었고 의미 없이 썼구나.'

사회생활을 하며 여러 사람을 만나면서 알았다. 세상엔 나보다 넓은 시야를 가진 사람이 많다는 걸. 대학 시절 내가 쇼핑에 몰두하며 아르바이트해 번 돈들을 허투루 쓸 때, 친구들과 배낭여행을 하며 세계 일주를 하고 그 경험을 자양분으로 해외에서 통용되는 자격증을 따 해외 취업을 한 친구가 있었다. 트랙터를 타고 전 세계를 돌며 세계를 배우고 한국을 알리며 자신의 세계를 정립해 돌아와서 젊은이들에게 여행이 주는 깨달음을 전하는 스타트업을 시작한 친구도 있었다. 알지 못하는 분야를 배워 이것저것 자신의 능력을 키워 나가는 친구들을 보며 생각했다.

'난 왜 한 번 시도해볼 생각조차 안 했나.'

쇼핑중독자가 돼서 버려질 물건을 사들이는 대신에 다른 세계를 보고 이것저것 할 줄 아는 것을 늘렸다면 어땠을까? 그 시절에만 할 수 있는 것들이 있었는데, 그때만 느낄 수 있는 감정과 기억들이 있었는데. 그렇게 힘들게 번 돈인데 왜 의미 없게 썼을까? 좋은 기억을 얻는 대신 버려질 물건을 사 모으면서 왜 그랬을까. 돈 버는 것도 중요하지만 쓰는 게 더 중요하다는 말의 무게를 갈수록 더 크게 느낀다. 명품 가방도, 옷도, 차도 사고 나면 잠깐 좋다가 금세 시들해진다. 다 짐처럼 느껴지기도 한다.

돈 써서 가장 오래도록 깊이 남는 건 추억을 만드는 일이고 능력을 키우는 일이고 사랑하는 이를 위해 쓴 경우다. 그렇게 쓴 돈은 우정으로 남고 인연으로 남고 뿌듯함과 충만한 행복감으로 남는다. 종국에는 무덤까지 가져갈 기억이 되는 것이다. 어렵게 시간, 노력, 체력, 자존심까지 죽이며 번 돈인데 이왕이면 길게 오래 깊이 남을 것에 쓰자.

그렇게 오래도록 남는 게 가득 차야 이 오랜 마음의 가난을 벗어버릴 수 있을 것 같다. 아무리 쇼핑을 해도 메워지지 않는 구멍이 있다면, 아직도 술자리에서 옛 가난을 빌려 닭똥 같은 눈물을 흘리고 있다면, 돈은 있으나 마음이 가난한 건 아닌지 의심해볼 일이다. 나는 자주 그랬다. 마음이 가난했던 시절에.

아무것도 책임지지 않을 때가
좋았다

돈에 대한 탐심이 극에 달한 순간! 파란 계좌가 드라마틱하게 새빨개지기를 간절히 기도하고, 지인이 보내준 '광역철도를 알아야 돈을 번다'라는 유튜브 영상을 보며 어디에 뭘 사야 돈을 벌 수 있나 궁리하다가 문득 궁금해졌다.

'나는 왜 이렇게까지 돈이 벌고 싶은가?'

이런저런 이유가 마구마구 떠올라야 할 것 같은데, 막상 아무것도 떠오르지 않았다. 당장 먹고사는 게 급한 것도 아니고, 입을 옷이 없는 것도 아니고, 경조사비 못 낼 정도도 아니고. 친구들이랑 좋은 데 가서 맛있는 거 못 사 먹을 정도도 아니고. 그런데 왜!

왜 이렇게까지 돈을 벌고 싶어 미치겠는 거지?

친구를 만나러 가는 버스 안에서도 연이어 그 이유를 떠올려 봤다.

'좋은 차, 가방, 옷을 사고 싶어서?'

'뭐 그게 그렇게까지 중요한가?'

'여행 가고 싶어서?'

'음, 고급 호텔 떠돌며 살 수 있으면 좋겠지.'

'좋은 집을 사고 싶어서?'

'그건 필요하지. 조물주만큼 좋다는 건물주 아냐.'

'그리고 또 뭐 하는 데 돈이 필요하지?'

'그래! 가족들과 함께 나누면 더 좋지. 맛있는 것도 많이 사 먹고, 여행도 가고.'

'그런데 그건 지금은 못 해? 막상 또 못할 것도 없잖아.'

이런저런 생각을 하다 친구와 술잔을 기울이며 물었다.

"너는 왜 돈을 많이 벌고 싶어?"

"뭐…. 집도 사고 차도 사고 애 교육도 해야 하고, 애 집도 사 줘야 하잖아. 또 미래를 위해서."

"미래? 무슨 미래?"

"나이 먹잖아. 굳이 돈 안 벌고 놀아도 어디서 돈이 계속 들어오면 좋지. 부모님도 부양해야 하고."

그렇다! 애가 없는 나도 부모님 걱정은 된다. 나이를 먹고 언제부턴가 친구들을 만나면 애 걱정, 부모님 걱정이 돈 걱정과 함께 단골 화제가 됐다. 이런 소릴 들으면 부모님은 '네 걱정이나 해라'고 하겠지만 그래도 걱정이 된다. 나이 들어서도 여전히 직업을 갖고 자산이 빵빵해서 쉬엄쉬엄 여행 다니고 배우고 싶은 거 배우고 할 팔자라면 좋으련만, 그냥저냥 먹고 살아온 딱 서민인 나와 내 친구들의 부모님은 대개가 대출 낀 아파트 한 채와 약간의 예금이 고작인 경우가 많다. 더는 일할 수 없는 나이가 되면 부모님은 물론이고 자식인 우리도 더불어 이런저런 걱정이 드는 것이다.

나의 부모님은 지금껏 내가 만난 그 누구보다 폐 끼치는 걸 싫어한다. 남들뿐만 아니라 자식들에게도 그렇다. 큰 선물이라도 보내거나 돈이라도 좀 더 넣으면 꼭 고맙다는 말끝에 '너네도 힘들 건데…'라고 하신다. 부모님이 시골로 내려가기 전, 서울 집에서 생활할 때 아버지는 일을 놓았다. 한동안 우리는 생활비를 드렸다. 그러던 어느 날, 자식들이 다 모인 날을 잡아 아버지는 긴 계산서를 우리 앞에 내놓았다.

"아빠 엄마가 서울에서 계속 살려면 아파트 관리비에 대출금에 아무리 안 먹고 안 입어도 생활비에, 잡비까지 해서 다달이 250만 원은 들 것 같다. 그런데 아빠 엄마는 이제 더 돈을 벌 수가 없어. 그러면 너희들에게 계속 생활비를 받아야 한다는 건데 그렇게는 살 수 없지 않겠니? 결혼 안 한 자식은 그렇다 쳐도 결혼한 애들은 자기 살림하기도 빠듯한데…. 그래서 아빠는 시골로 내려가려고 한다. 서울 집 처분하고 시골에 작은 농가 하나 얻어서 자급자족하면 생활비도 줄고 또 취미 생활도 하면서 살 수 있을 것 같다."

시골로 내려가 먹을 것도 직접 키워 먹으며 살겠다는 거였다. 우리는 다 한목소리로 반대를 했다. 그것도 아주 격렬하게 말이다. 하지만 아버지의 뜻은 확고했고, 돌아서 나오는 우리도 속으로는 슬프지만 어쩌면 이게 가장 현명한 선택일 수 있다는 것을 알았다. 하지만 거기서 오는 죄책감은 컸다.

부모님은 그동안 십수 년을 돈 아끼지 않고 키워주셨는데, 그만큼은 못해도 그 반만큼은 부양할 수 있어야 하는 거 아닌가. 그런데 그게 지속적으로 가능할까? 지금이야 그렇다 쳐도 언제까지 그렇게 계속할 수 있을까? 다들 사는 게 빠듯한데….

그렇게 부모님이 서울에 있는 자식들과 오래 살던 정착지를 떠나 시골집을 얻고 거기서 새 생활을 시작한 이후 지금까지도 간혹 죄송한 마음이 든다. 의외로 농사일에 재미를 붙인 어머니와 마당에서 배도 만들고 강가 산책하는 것도 즐기는 아버지는 시골 생활에 점점 재미를 붙여가는 것 같지만 그래도 계속 알 수 없는 찜찜한 마음이 든다.

부모님은 원하지 않을 부모님 걱정을 함께하며 친구와 나는 '돈 많으면 참 좋겠다. 마당 너른 곳에 건물 하나 지어서 부모님도 함께 살고, 일 안 해도 월세 받아 살 수 있으면 좋을 텐데…', '그냥 노후 걱정 없이 돈 걱정 안 하고 살아도 좋겠다' 하며 웃었다.

아무것도 책임지지 않았을 때가 좋았다. 그냥 부모님께 얹혀 살 때 말이다. 누군가의 등에 업혀 기대어 살 수 없을 때가 이렇게 빨리 올 줄 몰랐다. 나를 책임지는 것만으로도 칭찬받던 그때가 그립다.

없는 사람에게
삶은 호락호락하지 않지만

보이스피싱을 당한 사람을 만난 적이 있다. 내 또래의 평범한 전문직 여성이었다. 왜 내게 이런 일이 생긴 건지 모르겠다면서, 그 일을 당한 게 꿈에서 일어난 일처럼 기억이 희미하고 뭔가에 씐 것처럼 아무리 생각해봐도 자신이 왜 보이스피싱 업자들이 시킨 대로 행동했는지 하나도 이해가 되지 않는다고 했다. 시작은 아파트 대출금이었다.

"○○ 은행에 아파트 대출금 얼마 있으시죠? 그거 낮은 금리로 갈아타게 해드리는 거예요. 대출을 위해 필요하니까 보내드리는 문자에 URL 클릭하고 앱을 까세요."

피해자 => 나

"아니 어떻게 그 사람들이 제가 은행에 대출금 있는 것까지 다 알 수가 있죠? 혹시 보이스피싱인가 싶고 걱정도 돼서 금융감독원이랑 원래 대출을 받았던 은행에 전화도 했는데, 직원도 맞고 금감원에서도 그 은행도 맞고 그런 이벤트가 있는 것도 사실이라고 했다고요."

피해자는 포털 검색까지 해서 금감원과 기존 은행의 전화번호를 알아냈고 그곳의 전화번호를 눌렀지만, 문제는 그 앱이었다. 그 앱을 통해 피해자의 전화를 가로챈 업자들이 자기가 금감원 직원인 척, 은행 직원인 척 대놓고 사기를 친 것이었다.

그놈들(보이스피싱 업자들)은 대출금이 나올 것처럼, 다 마무리가 된 것처럼, 좋은 이율에 대출받았다고 큰 혜택이라도 주는 양 공치사까지 해놓고서는, 다 된 줄 알고 기뻐하는 피해자에게 이번에는 원래 대출을 받았던 K 은행 직원으로 가장해 다시 전화를 걸어왔다고 했다.

(원래 대출받았던 K 은행 직원인 척)

"아니, 일을 이렇게 하시면 어떻게 해요? 대출금 약정 기간이 있는데 고소할 겁니다!"

피해자 => 나

"버럭버럭 화를 내더라고요. 자존심도 상하고 그래도 어떻게 해요, 해결은 해야잖아요. 그래서 어떻게 하면 되냐고 물었죠. 정말 답답하고 초조하고 어째야 좋을지 모르겠더라고요."

(원래 대출받았던 K 은행 직원인 척)

"당장 24시간 내에 대출금 갚으세요. 이것도 우수 고객이니까 알려드리는 정보예요. 우리는 그냥 고소해서 돈 받아내도 전혀 관계없는 사람들이에요. 그렇게 되면 이중으로 돈 물게 되는 거니까 빨리 갚는 게 좋아요. 아시겠죠?"

우수 고객이라 알려준다?! 제정신인 상태에서는 이게 웬 귀신 씻나락 까먹는 소리냐며 현명한 판단을 내릴 수 있겠지만, 놈들의 짓거리에 얼이 반쯤 빠진 당시에는 이것이 또 다른 미끼였음을 그녀는 짐작도 못했다고 했다. 우수 고객 혜택이란 말에 혹해 그냥 시키는 대로 술술 하게 될 줄이야. 놈들이 심리 전문가까지 동원해 사기 과정을 설계한다더니 정말인가 보다.

피해자는 '그나마 나니까, 우수 고객이니까 이나마도 정보를 주는구나' 하는 마음으로 카드 대출까지 받아서 그들이 지정한 직원을 외부에서 만나 현금으로 돈을 건넸다고 했다. 그리고 모든 게 다 잘됐다고 믿고 집으로 와서는 남편에게 '오늘 황당한 일이 있었다'면서 전화를 하다가 갑자기 뭔가 이상하다는 생각이 그제야 들었다고 했다. 정신줄을 잡고 남편의 전화로 경찰에 확인 전화를 하고 금감원에 재차 확인하면서 이게 사기였다는 걸, 자신이 뉴스로만 보던 보이스피싱의 피해자가 됐다는 걸 실감했다고 했다.

피해자 => 나

"말할 수 없이 힘들었어요. 내가 꼭 바보가 된 것 같고. 아니 어떻게 그런 사기꾼들한테 당할 수가 있냐 말이에요. 나도 배울 만큼 배운 사람이고 사회생활도 할 만큼 한 사람인데 이게 말이 되냐고요. 흑흑."

그녀의 말을 십분 이해할 수 있었다. 나라도 나 자신을 먼저 질책했을 것이다. 세상에 당할 게 없어 이런 것에 다 속느냐고 말이다. 사기라는 게 이래서 무섭다. 당장 쳐 죽여도 시원치 않을 나쁜 놈들을 탓하는 만큼 자신을 탓하게 되니까 말이다.

경찰에서는 피해자에게 돈을 받아간 수금책은 붙잡았지만 보이스피싱이 워낙 점조직으로 이루어지다 보니, 윗급 상선들은 중국에 있을 가능성이 커 잡기 어려워 손실금을 되찾긴 어려울 거라고 했단다. 피해자는 경찰에게 그나마 잡은, 자신에게 돈 받아간 수금책의 처벌은 어떻게 되냐고 물었다고 했다. 경찰은 그 사람 전과도 없고 이번 코로나로 하던 자영업이 어려워져서 이런데 손을 댄 것 같다 말하고 덧붙이길 그리 큰 처벌은 어려울 거란다.

없는 사람에게 삶은 늘 호락호락하지가 않다. 대출금 몇 퍼센트 낮춰보겠다고 그리 크지도 않은 희망을 조금 가졌을 뿐인데, 코로나가 아니었다면, 하던 장사가 그렇게 힘들지 않았다면 돈 좀 벌겠다고 그런 더러운 일에 손을 대는 일은 없었을지도 모르는데… 없는 사람에게는 작은 바람을 갖는 것조차 때로 삶에 큰 상처를 낸다.

보이스피싱이 사람 가려가며 피해자를 고르는 건 아닐지 몰라도 걸려드는 건 대개 없는 사람들이다. 없으니까 좀 나아질까 해서 시작한 일이 덫에 걸리는 결과를 낳는 것이다. 비단 금융 보이스피싱만의 이야기가 아니다. 가족인 양 속이며 사기를 치는 보이스피싱이나 사기 사건들도 대개 상담할 전문가들이 주변에 차고 넘치는 사람들에겐 닥쳐와도 쉽게 건너갈 수 있는 웅덩이에 불과하다. 하지만 어디 누구에게 물어볼 사람도 없고 당장 돈도 궁한 사람들에겐 늪처럼 한번 잘못 발을 디뎠다가는 끝 모르고 빠져드는 수렁이 된다.

모모의 세계엔 시간 도둑,
지금 이곳엔 돈 귀신이 산다

새해였다. 세대별로 세 차례에 걸친 세배 잔치가 끝나고 바야흐로 꼬마 아이들보다 어른들이 더 기다리는 세뱃돈 타임이 시작됐다. 동생이 왼손엔 5만 원권 한 장을, 오른손에는 천 원권 석 장을 들고 다섯 살 조카들 앞에 섰다. 동생이 조카들에게 말했다.

"둘 중에 어떤 거 가질래?"

다섯 살인 조카 둘은 잠시 망설이더니 누가 먼저랄 것도 없이 천 원권 세 장으로 손을 뻗쳤고 세상에 이렇게 좋을 수 없다는 듯 웃어대며 제 부모에게 달려갔다. 지켜보던 부모들은 실망감을 감추지 못하고 허탈하게 웃으며 천 원권 세 장을 복주머니에 채워 넣었다.

'허, 참!' 내 돈도 아닌데, 잔꾀로 돈을 아낀 동생의 얄미운 처사에 헛웃음이 났다. 자신들이 얼마를 손해본 줄도 모르고 마냥 좋다고 웃으며 뛰어다니는 아이들을 보면서 나는 졸업 후 처음 방송 작가할 때를 생각했다.

뭣도 모르고 방송일을 하고 싶어 막내 작가 구인 공고를 보고 한 방송사의 프로그램 팀을 찾아갔다. 당시 마흔이 훌쩍 넘었던 메인 작가가 이렇게 말했다.

"돈이 아주 적은데 할 수 있겠어요? 그냥 일 배운다고 생각하고 차비 정도 받는다고 생각하고 해야 하는데."

돈보다 일이 하고 싶었던 나는 월급이 얼마인지 물어보지도 않고 당장 일을 시작하기로 했다. 그리고 한 달이 넘게 지나 내가 얼마짜리 노동자인지 알게 되었다. 나는 월 25만 원을 받고 일하기로 한 것이었다. 뭐 그런 최저 임금도 안 되는 돈을 받았느냐고 하는 사람들도 있겠지만 당시 방송판은 그랬다. 일 배운다고 생각하고 그냥 노느니 하라는 식으로 막내 작가의 돈을 후려치는 관행들이 횡행하던 시절이었다.

그 팀에도 남모를 속사정이 있었다. 팀원 충원을 하면 안 되는 상황에서 일 좀 덜겠다고 열정페이할 사람을 구했던 곤궁한 나날이었다.

하지만 아이러니하게도 참 옳지 않은 방식으로 남의 노동력을 착취했던 그 팀에서 나는 어느 때보다 행복했다. 옆 팀에서 함께 일하던 동료들 때문이었다. 또래 막내 작가들은 돈 적게 받는 나를 물심양면으로 챙겨줬고, 옆 팀의 팀장님은 돈 적게 받는다고 불쌍히 여겨 비싼 맛집, 술집을 갈 때면 늘 데리고 다니며 밥과 술을 사주셨다. 무엇보다 그토록 하고 싶은 일을 하고 있다는 설렘, 새로운 일에 대한 도전, 내가 만들어낸 프로그램이 전파를 타고 전국으로 나간다는 것! 그 모든 것들이 하루하루를 빛나게 했다. 그때 나는 5만 원권 한 장보다 천 원권 석 장을 받아들고는 저렇게 해맑게 함박웃음을 지으며 뛰어다니는 다섯 살 조카들 같았다.

경력이 쌓이고 돈에 대한 욕심과 집착도 늘고 숨 쉴 틈 없이 돈을 좇아 일을 늘리는 동안 25만 원 받던 막내 작가 시절 고작 몇 달에 불과한 그 시절 느꼈던 동료들에 대한 연대감, 일에 대한 재미, 성취감 같은 건 점점 사라져갔다. 우습게도 25만 원을 받던 그 시절엔 하루하루가 빛나고 즐거웠는데, 억대 연봉을 좇아다니던 시절엔 돈 받는 날 딱 하루만 즐겁고 나머지는 고됐다. 눈뜨면 어디론가 사라져버렸으면 좋겠다 할 정도로 고된 나날들을 그냥 눈을 반쯤 감고 살아낸 것 같다.

미하일 엔더의 《모모》에 보면 '시간 절약, 나날이 윤택해지는 삶! 시간을 아끼면 미래가 보인다! 더욱 보람찬 인생을 사는 법! 시간을 아끼라!'라는 글이 나온다.

시간을 아낀 사람들은 좋은 옷을 입고 돈도 많이 벌었지만 그들의 얼굴에는 무언가 못마땅한 기색이나 피곤함, 또는 불만이 진득하게 배어 있었다. 눈빛에는 상냥한 기미라고는 찾을 수 없었다.

위 세 줄에서 시간을 '돈'으로 바꾸면 딱 지금 우리가 사는 세상이다.

돈 벌수록 나날이 윤택해지는 삶!

돈을 벌면 미래가 보인다!

더욱 보람찬 인생을 사는 법! 돈을 벌어라!

주변을 둘러보면 모모의 세계에서 튀어나온 것 같은 사람들 천지다. 좋은 옷을 입고 돈도 많이 벌었지만, 얼굴에는 분노와 불만이 가득하고 늘 피곤한 사람들. 모모의 세계에 시간 도둑들이 시간을 아끼라면서 사람들의 행복을 갉아먹는 것처럼 우리 세계에도 누군가 돈을 벌라면서 우리의 행복을 갉아먹고 있다.

나이를 먹어서인지, 아니면 세상이 바뀌어서인지 주변에 상대의 자산 상태에 관심을 보이는 사람들도 많아졌다. 누군가의 소개로 이성을 만나면 완곡하게라도 돌려서 그들이 꼭 알아내려 하는 것은 내가 뭘 해서 얼마를 버는지, 얼마를 벌 수 있는지, 사는 집은 어느 정도의 가격인지, 자가인지 전세인지, 자산은 얼마나 있는지다. 누군가는 완곡하게, 누군가는 직설적으로 묻는다. 또 다른 누군가는 주변 아파트 매매 전세 시세를 검색해서 나보다 내 자산 상태를 더 잘 꿰고 있다. 그런 상대를 만나게 되면 속으로 나는 생각한다.

'너도 참 사는 게 힘들구나.'

이 힘든 세상에 상대에게 업혀서 편히 갈 수는 없을까 혹은 저 상대가 나한테 업혀 짐이 되는 건 아닐까…. 걱정하지 않는다면 거짓말이겠지. 경제는 나아지고 있다는데, 나라는 선진국 반열에 올랐다는데 왜 살기는 갈수록 팍팍해지는 걸까. 이 세상에도 삶을 바꿀 모모와 같은 용기 있는 사람이 필요하다. 다들 돈이 제일이라는 세상에서 돈 말고 다른 중요한 것들의 가치를 보여줄 수 있는 사람 말이다.

이러다 벼락부자가 될지도 몰라

ⓒ 지해랑

초판 1쇄 인쇄 2022년 3월 17일
초판 1쇄 발행 2022년 3월 24일

지은이 지해랑
펴낸이 오혜영
교정교열 권은정
디자인 온마이페이퍼
마케팅 한정원

펴낸곳 그래도봄
출판등록 제2021-000137호
주소 03925 서울시 마포구 월드컵북로 400 5층 14호
전화 070-8691-0072   **팩스** 02-6442-0875
이메일 book@gbom.kr
홈페이지 www.gbom.kr
블로그 blog.naver.com/graedobom
인스타그램 @graedobom.pub

ISBN 979-11-975721-9-7 03810